新 潮 文 庫

ボクたちはみんな大人になれなかった

燃 え 殻著

新 潮 社 版

11068

ボクたちはみんな大人になれなかった　目次

ボクたちはみんな大人になれなかった

最愛のブスに〝友達リクエストが送信されました〟

　ハンドルネームしか知らない女の子が、目の前で裸になっていく。こちらを呼ぶ時に「ねえ」としか言わない彼女も、きっとボクの肩書きしか覚えていない。

　枕元（まくらもと）の有線で宇多田ヒカルの『Ａｕｔｏｍａｔｉｃ』が流れ始めた。「ねえ、懐（なつ）かしくない？」きっとまだ子どもだった頃の曲なのに、彼女は小さく鼻歌を口ずさみながらブラジャーのホックを外している。真っ白なベッドにダイブすると、体目当てのボクの上に思い出目当ての彼女が、下着一枚でまたがってきた。

　六本木通りから一本入ったデザイナーズマンションのようなホテルの室内は、ルームランプひとつで薄暗い。映画関係者が一堂に会するパーティーの演出を任されて、気が張っていたのかシャンパン6杯でかなり酔いも回っている。身体は反応するが、悲しいくらいに睡魔が襲ってきた。性欲より眠気に支配される日が来るなんて、20代の自分に言ったら垂直落下式ブレーンバスターを喰らうにちがいない。彼女は今まで何度も話してきたかのような口ぶりで、自分の経歴や年齢、付き合ってきた有名人の話などをしているが、それがどこまで本当か確かめる手段はない。

「ほら、コレ」とスマホを見せてくる。安直な照明のスタジオで、あからさまにサイズの小さな白い水着をつけて四つん這いになった写真だった。「わたし、グラビアもやってるんです」という話には少しだけ信憑性が出てきた。会場でアルコールをサービスしてまわっていた彼女は、いわゆる女優の卵と呼ばれる人種らしかった。ボクが映画制作会社のプロデューサーと雑談をしている横で、グラスの載った銀のトレーを持ってニコニコしていた彼女は、彼が席を外すと声をかけてきた。「この間の『ＢＲ

UTUS』のインタビュー読みました」アートディレクターとしていつもは業界の裏方で生きているボクにも、パーティーという魔法の粉がかかる瞬間がこんな場面だ。

ボクらの後ろでは有名俳優やミュージシャン、演出家や業界人、あとは職業が分からない怪しい出立ちの人たちが、名刺交換や記念撮影を繰り返していた。

この世界はまるで沈み逝くタイタニック号のようだ。なんとか生き延びようとする人々。人をかきわけボートを探す群衆。この期に及んでまだ権力に固執する輩。静かにその時を待つ老人。絶望の淵で結ばれる男女。最後まで演奏を続ける表現者。音楽は鳴りやまない。大きな声で誰かが誰かを呼ぶ声や、女性の悲鳴みたいな笑い声が会場にこだましていた。

「ツイッターで一度、リプもらったことあるんですけど、覚えて……ないですよね？」

彼女はタイトスカートの後ろポケットから取り出したスマホで、そのやりとりを見せてきた。全然覚えていなかった。

「え、こんなに綺麗な人だったんですね。びっくりしました」「え、やだ、うれしい！　あの写メ、いいですか？」「あ、はいはい」彼女はスマホを自撮りモードにすると、腕をスッと組んできた。「はい、チーズ」この会場のあちこちで繰り返されている一連の儀式が終わると、彼女の声が一段小さくなる。「DM送っちゃいますね」それだけ言うとまたニコニコしながらパーティー会場の中に消えていった。スマホが震えたのは、パーティーの客がはけ始めた頃だ。

「この間なんて今回の衣裳ですよ！　とか言って、トイレットペーパーを1ロール渡されたんですよ。ありえなくないですか？」そう言いながら彼女は、ルームランプを消した。くちびるが触れ合う直前、彼女の声が何かを確かめるようにゆっくりになる。「わたし、自分のことより好きになった人いないかも」部屋の灯りは窓の中の夜景だけだった。「俺も」また嘘をついてしまった。こんなボクでもかつて、〝心目当て〟で好きになった人がいた。「自分が一番大切なのが、普通だよ」ボクは視線を逸らし、気まずさを紛らわすように意味もなく口にする。

「あ、東京タワー」

彼女はボクの頬を両手で包んでキスをしてきた。「東京タワーって、スカイツリーよりエロいから好き」過剰なネイルアートが施された指が、ボクの身体を触りつくしていく。理性と眠気が吹き飛びそうになる寸前、彼女は一つだけ本当らしきことを言った。

「わたし、誰にも忘れられない女優さんになりたい」

＊

今日一度目のラッシュを迎えた日比谷線は六本木を出て、神谷町(かみやちょう)に向かっている。地下鉄の暗闇(くらやみ)の窓に映し出されたボクは紛れもない43歳の男だった。老(ふ)けたなぁ、と思いながらカバンからスマホを探す。昨夜からまったくチェックしていなかったが、恵比寿(えびす)で待ち合わせをしているアシスタントから、何度も電話がかかってきていた。約束の時間からもう10分以上遅れてしまっている。言い訳メールを送らなきゃと思いつつ、癖でフェイスブックを開いてしまう。

地下鉄の揺れの中、ひとりの女性のアイコンが「知り合いかも？」の文面と共に目に飛び込んできた。車両の揺れにつり革で対応しながら、そのページから目が離せなくなっていた。彼女はかつて「自分よりも好きになってしまった」その人だった。

〝小沢（加藤）かおり〟――久しぶりにその文字列を読んだ。

満員電車は予定通り神谷町駅に滑り込んでいく。ドアが開き、降りる乗客と降ろされる乗客が雪崩(なだれ)の様にホームに吐き出される。ボクは電車から降りることが出来ずに、その流れをかわしながら、〝小沢（加藤）かおり〟のページに見入っていた。ドアが閉まり少しだけ減った乗客を乗せ、地下鉄は霞(かすみ)ケ関(せき)に向かう。正気に返って、アシスタントに「外せない用事が入ったから遅れる」とメールを送った。

「自分よりも大切な存在」だったその人は、目的地を決めないで出かけることが大好きな人だった。降りる駅を決めないまま新幹線でふたり、東北に向かったこともあった。ダサいことを何より許せない人で、前衛過ぎるイベントによくふたりで出掛けた。チラシとポスターがオシャレなクソ映画、チラシとポスターがオシャレなクソ演劇に、よくふたりで足を運んだ。

今でも彼女のことを時おり思い返すことがあった。最後に会ったのは1999年の夏、場所は渋谷のロフト。リップクリームが買いたいと出掛けたなんでもないデートだった。別れ際(ぎわ)「今度、ＣＤ持ってくるね」と彼女は言った。それが彼女との最終回になった。テレビドラマは別れるにしても、ハッピーエンドになるにしても、ちゃんと12回で人間関係は集約していく。だけど現実の最後のセリフは「今度、ＣＤ持ってくるね」だったりする。

彼女があの時、すでに旦那と知り合っていたことも、フェイスブックに長々と書かれた出逢いのエピソードで知ることになった。

マーク・ザッカーバーグがボクたちに提示したのは「あの人は今」だ。ダサいことをあんなに嫌った彼女のフェイスブックに投稿された夫婦写真が、ダサかった。ダサくても大丈夫な日常は、ボクにはとても頑丈な幸せに映って眩しかった。

彼女のフェイスブックをスクロールさせる。日比谷線は暗闇を突き進んでいく。スマホの画面にはアシスタントからのメールが届いたことが表示されては消える。フェイスブックのページをたどると、皇居マラソンを日課にしていること、一風堂をこの半年我慢していることを知った。

彼女はグラビアアイドルのようなカラダではなかったし、野心家でもなかった。よく笑う人で、よく泣く人だった。酔った席で思わず熱心に彼女のことを話すと、よっぽど美人だったんだろうねぇと言われることがあるが、彼女は間違いなくブスだった。ただ、そんな彼女の良さを分かるのは自分だけだとも思っていた。

渋谷の円山町の坂の途中、神泉のそばに安さだけが取り柄のラブホテルがある。そこはあの頃、東京に唯一残されたボクにとっての安全地帯だった。なぜなら自分よりも好きな存在になってしまった彼女と、一番長く過ごした場所だったからだ。

　満員電車が激しく揺れた。外の雰囲気から、ずいぶん遠くの駅まで来てしまった気がして、慌てて降りた。日比谷線、上野駅。亡霊のように灰色のサラリーマンたちが改札に吸い込まれていく。ボクはその波に流されながら、握りしめたスマホの中の彼女のページにもう一度目をやる。「え？」と思わず声が漏れた。友達申請の送信ボタンを押してしまっていたからだ。

　人波に巻き込まれて不意に押してしまったこの状況をまだ受け入れられないでいた。言葉が見つからない。何体もの亡霊が、立ち尽くしたボクの周りをすり抜けていく。時間が止まったように〝友達リクエストが送信されました〟の画面を眺めていた。

暗闇から手を伸ばせ

横浜黄金町（こがねちょう）の駅を降りると目の前にストリップ劇場がある。信号を渡った右手はいわゆるハッテン場で有名な古めかしい平屋の映画館だ。

この街は昼間は人もまばらで、どこか寂れた虫の声もきこえる場所だというのに、夕方になると艶（なまめ）かしい色たちが暗闇に点々と灯（とも）っていく。飾り窓では多くの外国人女性たちが客を呼び寄せようと精を出す。行き交う人々も昼間のそれとはまったく違って、華やかな人種が闊歩しはじめる。この街は横浜随一の風俗街という夜の顔も持っていた。

改札を出ると、突き刺すような陽射しと毛布に包まれるような熱風に襲われた。蝉の鳴き声すら暑さに疲れているように響く。ボクはひたいの汗をぬぐいながら、ストリップ劇場の前を小走りで通り過ぎる。その先の交差点を越えて坂道を上がりきった場所に、徹底して不衛生で有名なエクレア工場があった。

1995年の夏は例年以上に暑い夏だった。20代の前半、どこにも居場所のなかったボクが、工場で働き出して2年が過ぎようとしていた。

「どうすんだよ、これから」

あの頃ボクは坂道を上がる途中、呪文のようにそのセリフをつぶやきながら工場に向っていたような気がする。

エクレア工場につくと、錆びと凹みでちゃんと閉まらなくなったロッカーに突っ込んである制服に着替える。白かったはずの制服はクリームの甘い匂いをさせて、シミだらけで汚れていた。

4つあるライン工程の4つ目、スーパーマーケットの店頭に並ぶ80円のエクレアを、20個ずつひたすら箱に詰めていくという仕事がボクの持ち分だった。

同僚は1人以外全員ブラジル人。ただ彼ら全員、ボクよりも敬語が流暢(りゅうちょう)で、ボクよりもこの国に適応しているように見えた。同じ敷地内には、冷凍食品の加工工場やカップ麺(めん)の粉末スープの製造工場など、色々な工場が箱の中のエクレアのように整然と並んでいた。アルバイト雑誌にはそのすべての工場の募集が載っていたけれど、その中からなぜエクレア工場を選んだのかは未(いま)だに自分でも説明がつかない。

工場唯一の日本人の同僚であり、その時期、自分にとって唯一の話し相手だった七瀬は、歳(とし)が12上だった。ラインについた途端、いつも通り七瀬が声をかけてきた。

「今度こそ本当にこんな工場辞めてやるわ」

「休憩は何時に入ります?」ボクもまたいつも通り七瀬の愚痴をシカトする。

「今日も5時でよろしく」

七瀬はこの工場でのアルバイトがもう11年になるという変わり者で、あの頃は『劇団女性自身』の看板俳優という顔も持っていた。男だけで繰り広げられるその宝塚歌劇団のような集団で、七瀬は薄く整った顔にメイクを施し、華奢(きゃしゃ)な体型を際立たせる衣装をまとって舞台に立っているらしかった。公演のたびに休みが取れるこの工場は、生活費を稼ぐにはもってこいだという。「今日、なに食べる?」慣れた手つきでエクレアを素早く箱に納めていく七瀬のおしゃべりは止まらない。きっと黙っていたら気が狂うと思っているにちがいない。

「牛乳シーフードカップヌードルかなぁ」

「好きよねえ」

「あれ一番うまいでしょ」

「わかる、わかるわぁ。金持ちになっても絶対やると思う」

「金持ちになったらもっといいもん食いたいっすよ」

「アンタの夢って何なのよ」

「夢ですかぁ、考えたこともないっすよ」

「どっかに売ってないかしらね」

「でも夢持たないと、夢破れたりしないからお得ですけどね」

「寂しい男ねぇ」

「『いま、孤独なんだ』を『いま、自由なんだ』って言い換えると、鎮静剤くらいには効くんすよ」

ノンストップで流れてくるエクレアを箱に詰めながら、ボクはヘラヘラと答えた。ボクたちは、その日もいつものようにエクレアを20個ずつひたすら並べ続けた。あの工場に設置されていたベルトコンベアの音を、今でも耳の奥が覚えている。独特のリズムで鋼鉄がぶつかり合う音がこだまする時、ボクはあの20年以上前の茫然(ぼうぜん)とするような不安を思い出す。

七瀬に肩を叩(たた)かれるまで5時になったことに気づかなかった。交代職員に報告を入れて休憩に入る。休憩室で一番肩身が狭いのが、日本人のボクたちふたりだった。外国語が飛び交うタバコの煙で霞(かす)む休憩室でコンロを使い、牛乳を煮立てる。

休憩室には必ず誰かが持ってきていたアルバイト雑誌『デイリーａｎ』が置いてあった。今では信じられないけれど、あの時代たいがいの雑誌には文通コーナーが巻末に載っていた。アルバイト情報誌のはずの『デイリーａｎ』ですら、最後のページは文通コーナーだった。孤独な人間の集うそれは七瀬の大好物だ。牛乳を温めているボクの横で、彼はひとつひとつの投稿を読み上げはじめた。

「えーっと。聖闘士星矢のキグナス氷河ファンの方、文通してください。神奈川県横(よこ)

須賀市のダイヤモンドダス子さん、19歳」「そいつ絶対イタいなぁ」「はい、えー次がえっと、ゴッドファーザーの特にパート2が好きな人！　連絡お待ちしております！　東京都港区のポマード2世さん30歳男、お、これビビッときた」「どうぞどうぞ」ボクはそう言いながら2つのカップラーメンにアツアツの牛乳を均等に注いだ。「最後、最後。この文通コーナーから最初に読む方、ご連絡ください。東京都中野区の20歳女、犬キャラ？　犬キャラってなんだっけ」「犬は吠えるがキャラバンは進む。小沢健二のファーストアルバムです！」大ファンだったボクは、初めて興味を引かれた。七瀬から『デイリーａｎ』を取り上げて、牛乳シーフードカップヌードルを渡す。

「面白いなこの子」

まじまじと文面を読み直して、ボクはそのページをちぎってポケットに突っ込んだ。

黄金町の夜はとにかく物騒だった。まったく動かない浮浪者が暗闇と同化していて、うっかりぶつかりそうになるなんてこともザラだった。暗がりを歩く男たちに声をかけている女性たちは、相手がこの街に巣食う住人だと気づくと、無言で道をあけてくれた。

その日もクタクタの身体を引きずるようにして坂を下りていく。ストリップ劇場の前では酒に飲まれた爺さん同士が怒鳴り合いをしていて、若いボーイらしき男が仲裁に入っている真っただ中だった。その輪から離れるようにひとり、中年の赤いミニスカートを穿いた女がガードレールに腰を下ろして、タバコをうまそうに吸っていた。ボクはイヤフォンを耳に突っ込んでＣＤウォークマンを再生させる。ほどなく小沢健二の『暗闇から手を伸ばせ』が流れはじめた。少し小走りになった。後ろは振り向かない。逃げるように改札をくぐって、階段を駆け上がる。発車寸前の電車に運よく飛び乗った。席は空いていたが、扉付近に立ってポケットをまさぐる。くしゃくしゃになった文通コーナーのページを慎重に広げて読み返す。電車がゆっくりと動きはじめる。顔をあげると車窓の隅に、坂道を下る七瀬が見えた。見たこともない暗い顔で地面を見つめながら歩いている姿が一瞬だけ見えたが、すぐに小さくなって視界から消え去った。

ビューティフル・ドリーマーは何度観ましたか？

仕事が休みだった次の日の朝、無印良品に便箋を買いに急いだ。無印良品はその頃のボクにとって、おしゃれの代名詞だった。文通コーナーに手紙を出すのは初めてで、手紙の内容は散々考えた挙げ句「小沢健二、好きなんですか？」しか思いつかなかった。

返事はすぐにきた。仲屋むげん堂の無料で配られる新聞をきれいに折り畳んだ封筒に入っていて、便箋はインドのお香の匂いがぷう～んとした。彼女の手紙の文章も1行だった。

「小沢健二はわたしの王子様です」

便箋には一緒に、単館系映画館に置いてあるチラシを何枚かコラージュしたものが、のりで貼付(はりつ)けられている。顔も知らない彼女に、ボクはもう惹(ひ)かれはじめていた。その匂い立つサブカル臭、ボクの知りたい興味の先をいっているような印象にすっかりやられてしまっていたんだと思う。その頃ボクは、普通じゃない自分を一生懸命目指していた。今考えれば、普通に生きるための根気がなく、努力もしたくなかっただけなんだけど。

2回目の彼女への返信は丁寧に書いた。フリッパーズ・ギターからいかにずっと小沢健二を聴き続けてきたか、オリジナル・ラブやコーネリアス、電気グルーヴに対する愛についても、くまなく書いた。彼女からの便箋も文通を繰り返すごとに、どんどん枚数が増えていく。主に、いかに渋谷系を偏愛し、大槻(おおつき)ケンヂの影響でインドに思いを馳(は)せているかが書かれていた。

気づくと、彼女からくる手紙を読む事が休憩室での一番の楽しみになっていた。いや振り返れば、エクレア工場時代の唯一の良い思い出がそれだったかもしれない。七瀬には毎回はやし立てられていたけれど、ずっと言えなかった一言を、彼女との初めてのやりとりから10往復目ぐらいだろうか、思いきって文末に書いて送ってみた。

「もしよかったら会いませんか?」

彼女からの返事の手紙はまた1行に戻った。

「わたし、ブスなんです。きっとあなたはわたしに会ったら後悔します」

童貞で20代を迎え、週に6日エクレア工場で12時間勤務を強いられている男の鬱屈(うっくつ)した気持ちは、そんな言葉にはびくともしなかった。

「今度、ラフォーレ原宿で横尾忠則(ただのり)展があるんですが行きませんか?」そう返したはずだ。

「本当にブスですからね」彼女から再度、手紙で念を押されて、ボクたちはラフォーレ原宿の前で会う事になった。待ち合わせの目印は〝WAVEの袋〟だった。

携帯を持っていなかった時代の待ち合わせは命がけだ。家を一回出たら最後、あとはお互いの信頼関係しか頼みはない。「ラフォーレを正面から見てできるだけ左側にいてください。ＷＡＶＥの袋も目立つようにロゴを正面にして持って下さい」と現金の受け渡しのように細かく指示を書いた。

10分前にラフォーレに着いたボクは、30分前に着いていた彼女とすぐに目が合った。「ＷＡＶＥの、」と彼女が言って、ボクも「ＷＡＶＥの、」と言った。彼女は読んでいた文庫本を素早くカバンに突っ込んでちょこんとお辞儀をした。劇的じゃない人間同士が、ありふれた待ち合わせ場所で誰からも注目されずに静かに出会った。

すごいブスを覚悟していたので、ふつうのブスだった彼女にボクは少し安堵(あんど)した。

「そこにおいしそうなジュース屋があったんですけど行ってみませんか?」

男はリードするもんだと男性誌『Ｈｏｔ－Ｄｏｇ ＰＲＥＳＳ』に書いてあるのを読んだことがあったので、ボクはすかさず先陣を切った。今となっては「たまたま駅前にいたワゴン車のジュース屋に偉そうに連れて行くな」となんで書いてくれなかったのかと、思い出しても恥ずかしい。極度に緊張していたので、横尾忠則展の思い出はほとんどない。その後、道に迷いながらやっとこさ見つけて入った、レトロな喫茶店の思い出しかない。ボクたちはふたりしかいない店内で、お互い緊張しながら向かい合った。

しばらく呼吸も忘れたかのように無言で座っていた。彼女が「初めまして」と言った。「今？」とボクは少し笑いながらぎこちなく返した。

お互いに一言ずつ話し、お冷やに同時に口をつけ、またしめやかな空間に戻っていくという時間が繰り返されていった。ボクはテーブルの中央に置かれた灰皿を隅に追いやって、意を決してメニューを開き「ここ、何が名物なんですかね？」と今考えればこれまたスットンキョウなことを口にした。「え、名物？」と言ってから彼女は初めて笑ってくれた。「へへ」と伏し目がちに小さく笑う彼女の声で、やっと店内の張り詰めた空気が少し緩んだ気がした。彼女はボクより2つ年下だったけれど、やけに大人だなとその時、感じた。感じた理由がウエイターに、本日のパスタをスムーズに聞いたというだけなんだけど、喫茶店にひとりで入ることもほとんどなかった22歳のボクには相当な社会人に映った。

当たり障(さわ)りのない会話の無限ループから一歩踏み出そうとしたボクは、彼女との文通で何度も話題に上がった〝大友克洋(かつひろ)の『童夢(どうむ)』の素晴らしさ〟について切り出してみた。急に彼女の声が一段跳ね上がる。あの漫画に描き込まれた風圧の表現が、いかに後世の漫画家に影響を与えたかということをこちらに視線は一切くれず熱く語り始めた。先ほどまでとはまるで別人だ。ボクの話すピッチも一段上がる。あのコマ割りも絵の緻密さも世界レベルで衝撃だったんじゃないか？　と切り返す。

　彼女がこちらをギロリと見た。唐突に「『ビューティフル・ドリーマー』は何度観ましたか？」と質問された。ボクの答えは2度だった。彼女は「すくなっ！」とその日初めて腹から声を出した。

　そこからは怒濤だった。童貞の初対面とは思えないほど話が止まらなかった。あっという間に窓の外は夕暮れになっていた覚えがある。レモンティーの氷もすっかり水に戻っている。

「もう外、暗いね」と言うと、彼女は「あ、ミッキー」とつぶやいた。視線の先には和風な店内にまったく似つかわしくない、ディズニーキャラクターの壁かけ時計があった。喫茶店の主人は空いていたカウンターの席でスポーツ新聞をめくっている。店内の客はまだボクたちだけで、時刻は午後6時を少しまわっていた。

『うる星やつら2 ビューティフル・ドリーマー』は1984年に押井守監督が発表した、観客に全編謎掛けをしたような異色作だった。物語は、学園祭1日前から始まる。みんながワクワクしながら明日の学園祭の準備をしている中、「この瞬間がずっと続けばいいのに」ラムちゃんはそう口にする。そして登場人物たちは帰路につく。次の日登校すると、また学園祭1日前で、みんながワクワクしながら準備をしている。あれ、俺たち同じ日を繰り返していないか？　と気づき始めて次の日を迎えると、また学園祭1日前という無限ループをする話だ。ラスト近く、眠りから覚めたラムちゃんは、みんながたくさん出てくる夢を見たとつぶやく。主人公のあたるは「それは夢だよ。それは夢だ」と優しく答える。彼女はそのシーンが好きで、あのラブホテルでビデオテープを巻き戻しては、繰り返し繰り返し観ていたんだ。

好きな人ってなに？　そう思って生きてきたの

毎日毎日、満員電車に乗っていたら、たまには会社に行かずどこか遠くへ行ってしまいたいと思う方がまともだ。そういうネガティブな考えの人間は大人じゃないとか根性がないとかいう人とは友達になれない。そんな人間はポジティブで根性があって、センスがない。それが立派な大人なら、ボクはやっぱりなりそこねたんだと思う。

日比谷線上野駅のホームのベンチに座りながら、アシスタントからの何度目かのコールに出た。スマホの向こうから「いやもうホント勘弁してくださいよ」と東京で生き残る者特有のタフな声が聞こえる。

「わるい、昨日のパーティーで飲みすぎちゃってさ」借りっぱなしのDVDの返却期限が昨日だったことを急に思い出した。二日酔いが治まり次第、会議には出るからと約束してそそくさとスマホを切る。

駅にはまた新しいサラリーマンたちが白線の内側に列を作り始めていた。そのまともな無頓着さが、ボクにはどうにも他人事だった。

スマホの画面にメールが1通届いたことが表示されている。それが届くことがあらかじめ分かっていた気がして、ボクは一息ついてからそのメールを開く。

〝忙しいとこ、わりぃ。今日ちょっと時間作ってくれよ。中目黒の改札で待ってるわ〟とだけ書かれた一方的な内容だった。先週まで同僚だった関口からだ。

「まったく」

すぐ近くで、派手なスカーフをしたおばさんふたりが、地下鉄の車内に傘を忘れたと関西弁で大騒ぎしている。対向車両の生温い風圧に彼女らの会話が途切れ途切れになる。そうだった、今日は昼から雨が降る予定だとテレビの天気予報は昨日から連呼していた。

〝いつ、東京離れるんだ？〟ボクがそうメールを送ると返信はすぐにきた。

〝最短で今月末かな〟

〝早いな〟

関口とは、20年以上一緒に働いた同期であり戦友だった。社長も含めて3人だった会社は、この期間に69名になっていた。

周りの人間は次々に入れ替わり、よく行った居酒屋は潰れ、変わらないのはボクと関口がまだこの街にしがみついていることだけだった。だけど、何かがもう終わろうとしている。ボクは中目黒方面のホームへ足を向ける。今日が彼に会う最後の一日になると分かっていた。


スマホの画面を一度くまなくチェックする。女優になりたいと言ったあの女の子からLINEが届いていた。会社から明日のスケジュールのメールが3通届いている。彼女への友達申請が受理される気配は一向になかった。

アシスタントに〝ごめん、調子が戻らないので、やっぱり休みます〟と打ち込んで送信した。その返事はまったく返ってはこなかった。

＊

1995年の夏の終わりに彼女に出会って、秋の初めにはもう彼女への気持ちは引き返せない場所にいた。

イチローがベストナインとゴールデングラブになった年、同い年のボクのハイライトは人生初の彼女と人生初の転職、つまり工場を辞めたことだった。

なんら変わりのないエクレア工場の最終日。甘い匂いを充満させながら永遠に続くように思われたエクレアの行進も、今日で見納めかと思うと不思議な気持ちだった。

いつものようにベルトコンベアの音が等間隔で脳まで響いてくる。ボクは初めて彼女に会った日の別れ際、ラフォーレ原宿の前に戻ってきた夜のことを、そのリズム音の中で鮮明に思い出していた。

「もう夜の7時だね」彼女はホントに驚いたという表情を浮かべて、スケルトンの白いスウォッチをボクに見せてきた。

「あっという間でしたね」

「こんなことって、あるんだね」彼女が照れくさそうに笑う。

「また話したいですね」

「それ社交辞令ってやつ？」一瞬だけまっすぐにボクの目を見た。

「いや、本音ってやつです。というか好きな人とかいますか？」

「好きな人ってなに？」

「いや、付き合ってるとか、気になってるとか」

「好きな人ってなに、そう思って生きてきたの」

「あ、わかる」


それからしばらく沈黙が続いた。原宿の夜は、居心地が悪かった。全身むげん堂で購入した、インド信仰バリバリのTシャツにクシュクシュの白いロングスカートの彼女と、全身アニエスベーで渋谷系をバリバリ意識したけど垢抜けないボク。一日いても風景には馴染めないのか、イケてる人たちがこちらを一瞥しながら通り過ぎていった。

「それ、自分で描いたんですか？」ボクは話題を逸らすように、気になっていた彼女の白いロングスカートに描いてある絵を指差した。

「フェルトペンで今日来る前に描きました。どう？」それはお世辞にも上手いとは言えず、いかにも手描きといったイビツな花柄だった。けれど彼女はクシュクシュの白いスカートを両手で伸ばし、照れながらも自慢げに広げて見せた。

「花、好きなんですか？」圧倒されて、バカみたいな質問しか思いつかなかった。

「あ、今月号の『Ｏｌｉｖｅ』にケイタ・マルヤマの最新コレクションの花柄スカートが出てて。お金ないので描いてみた次第です、へへ」照れながらほとんど自分のつま先に向かって説明をしている彼女に、ボクはもう途中からおかしくて笑ってしまった。

「犬キャラさん、すごいな」ボクは彼女の悪びれない独創性と過剰な自信と少しの羞恥心が混ざった挙動不審な態度に、憧れに近い興味を抱き始めていた。

「ブスで貧乏なのでこれでも工夫してます」そういうと漫画のように手を頭の後ろにやった。彼女のペースをボクはまだ全然つかめていなかった。

「そんな。シャツもなんかお洒落というか」ボクがそう言いかけたら、彼女はシャツをめくってアトピーで荒れた腕の内側を見せてきた。「夏でも七分袖を流行らせる運動をしていまして」そしてすぐにシャツを戻した。

「そちらはどんな人生でした？」彼女はそう言ってボクの目をちらりと見て、うつむきながら微笑（ほほえ）んだ。

「えっと、普通です。暗いし。高校の時からずっとカレンダーに毎日バツをつけてたんです。今日も一日、犯罪を犯さなかったって。キモいですよね」話しながら早くも後悔した。すると彼女はまた「へへ」と笑いながら言った。

「でも人生に真面目（まじめ）に取り組んだら犯罪くらい犯しちゃうと思うの。運転する人はゴールドカードじゃないし、車にキズがあるのと一緒で」

「そういう意見の人は初めてです」想像もしなかった返しに、今度はボクが自分のつま先に向かってしゃべっていた。『Ｈｏｔ－Ｄｏｇ ＰＲＥＳＳ』には〝髪の毛を切ったことにすぐ気づくだれかはアナタとベッドインしたい人だけど、アナタもまだ気づいていない小さなキズを見つけてくれただれかは、アナタのことをきっと好きな人です〟と書いてあったけど、ボクにはその意味がまだ分かっていなかった。少しの沈黙のあと、彼女が唐突に言った。

「キミは大丈夫だよ、おもしろいもん」

さっきまでよそよそしかった東京のネオンが、急にボクたちふたりを優しく照らし始めたように感じた。

　ボクたちは互いのつま先を見ながら大切な話をした。親しい人間にもほとんど話さないような、どこの港にも辿り着きそうにない自分の人生の話を、彼女にはあっさり言えた。それは文通という日常の人間関係の外で出会ったということも絶対大きいけれど、それだけじゃなかった。彼女の不器用な危ういくらいの率直さの前に、ボクは駆け引きをやめて純粋になれた気がした。

「わたし、かおりって言います」

　その日彼女が教えてくれたその名前が、ボクにとって生涯忘れられないフレーズになるなんて、もちろんこの時は気づくわけもなかった。

　一枚の絵で人生が変わったという人間や、一冊の本で人生が決まったという人間を今までボクはどこかで軽蔑していた。だけど、彼女と出会ったこの日、ボクは止まっていた自分の人生の秒針がカチカチカチと動き出したことを確信した。決断力のある人間に見られたくなった。行動力のある人間だと信じてほしかった。彼女の前では、自分に正直な人間になるよりも、自分が憧れる人間になりたかった。生まれて初めてボクは頑張りたくなっていた。ボクはもう彼女に、恋をしていた。

そしてまたサヨナラのはじまり

彼女との原宿デートの次の日、エクレア工場の休憩室にいつものように無造作に置いてあった『デイリーａｎ』を初めて真剣に読んだ。そこで見つけた〝テレビ番組の美術制作アシスタント募集〟という、一見なんの仕事か分からない職業に迷わず電話をかけた。学歴不問、未経験者歓迎、時給が二十円他より高かったということだけが理由だった。

残り度数が少ないテレホンカードを七瀬から借りて、休憩時間に工場の外にある公衆電話ボックスに籠(こも)った。

「あの、今日の『デイリーａｎ』を見たんですけど、まだ募集はしてますか？」

「はい、テレビの美術制作の配達という仕事なんですがよろしいですか？　原付の免許はお持ちですか？」

「あ、大丈夫です」何も大丈夫じゃなかった。まずテレビの美術制作がなにをやるかも分からなかった。そして、ボクは免許は持っていたが、生粋(きっすい)のペーパードライバーだった。

「では、六本木のヴェルファーレご存知ですよね？」

「あ、えっと。だいたい分かります」分からなかった。

「住所も掲載されてますし、ヴェルファーレの目の前になりますので、すぐ分かるかと思います。明後日(あさって)の午後1時で面接いかがですか？」

「はい、よろしくお願いします」振り返るとこの時までボクには自我がなかったんじゃないかと思う。彼女という小さな風が吹いただけで、このあとボクは職場を変え、住む場所を変えるのだから。

募集記事は写真もなく、住所だけが書かれた小さなものだった。ボクはそのページを千切って、午前中から六本木のヴェルファーレを探した。ほぼ初めて降りた昼間の六本木は、夜の横浜黄金町を経験していたからか、とても安全でとても都会に映った。

ヴェルファーレは交番に聞いて、拍子抜けするぐらいすぐに見つかった。外国人だらけのマクドナルドに入って、トイレの横にあるピンクの公衆電話で彼女に電話をする。

「はい」彼女の眠た気な声と共に、10円玉が落ちる音がした。

「あ、ボクです、寝てましたよね？」

「いや、目をつむってただけ」

「すみません、今から面接で。マクドナルドから電話してます」

「あ、今日か」

「急に決まって」

「面接前にマクドナルドに行くと受かるんだよ」

「え、ほんと？」

「わたしの都市伝説」

「なにそれ」ボクがそう言うと、彼女はへへと笑った。

「がんばります」

「寝ながら応援します」

「寝ながらかよ」

「へへ」


午後1時からの面接が行われたのは、本当にヴェルファーレの目の前にあった3階建ての雑居ビルだった。

そのビルの2階のワンルーム・ユニットバスというコンパクトな部屋に、社長と称する30代そこそこの男性と、一緒に面接を受ける金髪坊主（ぼうず）の男がいた。

マッキントッシュが白いテーブルに2台置かれ、テレビ1台と小さい冷蔵庫、狭いキッチンがあるだけのガランとした部屋だった。

「君たち、いつから来られる？」手渡した履歴書の上に、社長は飲みかけの缶コーヒーを置いた。

「え？」不意をつかれて声が漏れた瞬間、横から金髪坊主が口を開いた。

「明日から来られます」

「よし、きまり。君は？」

エクレア工場のシフトが２週間先まで入っていたので、月末からだったらと恐る恐る応(こた)える。

「よし、きまり！　それでお願いします」


その後は、テレビの美術制作のレクチャーと、今回の応募がボクらふたりきりだったという話をされた。「よくこんな正体の分からない仕事に応募してきたよね」とニヤニヤ笑われながらコーヒーを出してもらった。

社長は元々、赤坂でテレビ番組の編集マンをやっていた人だった。芸能人やニュースキャスターがしゃべる時、写植機で作られる画面下に入るテロップが１枚２０００円もするということに驚いて、市販の印画紙でマッキントッシュの既存の書体を使って、１枚５００円で個人的に売るところから会社をスタートさせたという話をしてくれた。評判は上々で、売上げが編集マンの月給を超えたところで数週間前に起業したとのことだった。これからはフリップなどもやっていきたいと意気揚々と語っていた。

社長が作るテロップやフリップを原付バイクで都内の編集所、テレビ局に届けるのが、ボクと金髪坊主の仕事だった。その説明の最後に、後々は制作にも関わっていってほしいと付け加えられた。

時給は800円。勤務時間は朝9時から夜12時。休みは週に1回。福利厚生という言葉は社長もボクらも知らなかった。ブラック企業という概念が世の中を騒がす20年前にボクは、いち早くそのトレンドに身を置いていた。

「関口と言います。前職は千葉で居酒屋の雇われ店長でした！」迷彩のパンツに『ＡＢＡＴＨＩＮＧ ＡＰＥ』のトレーナー姿の金髪坊主が握手を求めてくる。

「あ、ども」とボクが呆気(あっけ)に取られていると社長が「同期なんだから握手、握手」とはやし立て、社長も含め3人で手に手を取った。それから20年以上、このメンバーで仕事をすることになるなんて、きっと3人とも思っていなかったはずだ。

関口はボクと同い年だった。「よろしく！」と言いながらダブルピースをしてくるので「なんですか、それ！」と突っ込んだら「いや、盛り上げていこうと思って」とヘラヘラ笑っていた。

ボクは微妙なやる気と漠然とした不安を全身に感じながら、その部屋を出た。関口は結局その日から手伝うことになり、ボクは六本木の路地をひとり歩いて地下鉄の駅に向った。改札の隅に緑の公衆電話を見つけ、もう一度彼女に電話をする。「なんとか受かったよ」強がってみせた。

彼女は「おめでとう、うん」と言ってくれたけど、絶対に目をつむって応えているのがわかった。


なんの感慨もない工場最終日。いつも通り、崩れてダメになったエクレアを、ブラジル人たちがビニール袋に詰め込んで持ち帰る準備をしている。ボクはその光景を尻目に、挨拶するのが照れくさくて、急いでロッカーを片付け荷物を持って外に出た。するとと従業員入口の前で白い制服を着たままの七瀬が、しゃがんでタバコを吸って待っていた。

「出所、おめでとう」

そういって七瀬は足で吸い殻を踏みつけながら立ち上がると、駅前の花屋の茶色い包装紙に包まれた小さな花束を、ボクに差出した。

「刑務所かよ」ボクは照れ笑いをしながらそれを受け取る。

工場の休憩室の窓からブラジル人たちがニカニカ笑って、こちらに何かを大声で叫びながら手を振ってくれていた。

「たくさんエクレア送ってあげるからね」七瀬は彼らの方を見てからニヤリと笑った。

「ぶっ殺す」七瀬にヘッドロックをかけ、そのままの姿勢で「ありがとね」と七瀬につぶやいた。

「そういうことは目を見て言うんだよ～ギブギブ」


暗がりになった物騒な黄金町を、早くも偲（しの）ぶような気持ちで歩く。坂道の途中、いつもいる立ちんぼの女性に七瀬からもらった花束の中の一輪をプレゼントした。彼女は驚いた表情をしたあと「アリガトウ」と言ってくれた。

駅の階段を上がる寸前に振り返ってみる。黄金町の妖（あや）しい灯りと遠くまで重なっていく信号機の赤が、その夜はとても美しく映えていた。

「海行きたいね」と彼女は言った

彼女の仕事は、高円寺の仲屋むげん堂の販売員だった。インドを中心としたアジア系輸入雑貨店の老舗(しにせ)だ。

むげん堂が経営していたカレーショップで、ボクは人生で初めてココナッツカレーを食べた。甘いカレーなんて！　と正直その時は美味(おい)しいと思わなかった。でもココナッツカレーが美味しいと言う方がイマドキなんだと信じて、「いいね」なんて口にした。

彼女は群馬から一緒に出てきた妹と、中野の築40年のアパートに住んでいた。妹はギャル系というかいわゆるアムラーで、一度しか会わなかったけど、東京を楽しんでいるタイプに見えた。

テレビ美術制作の面接に受かった日、彼女にかけたあの電話の最後の会話を正確に覚えている。一度しか会ったことのないボクと彼女は、あの日の帰りの電話で、付き合う事になった。

「ね、お祝いしようよ。どっか行きませんか？」

ボクは、仕方ないから自分で言ってみた。

「んー、そうだなぁ」

「ディズニーランドとかさ」

「えー。じゃあディズニーランドとか、ラブホテルとか」

「なんで」３段飛ばしくらいの突然の誘いに童貞は心底慌(あわ)てた。

「だってお祝いでしょ？　眠いし」

「眠いと行くの？」

「好きな人のお祝いで、眠いと行くの」

彼女が受話器の向こうで大きく伸びをしたのが分かった。

「え？」ボクはまぬけな声を出した。

「ん？」彼女が寝起きのような声で笑って答えた。

〝好きな人〟。それが衝動的に出た言葉だとしても、それが後々撤回されたとしても、ボクにとって脳が痺れるような言葉だった。

「じゃ、あのよろしく」ボクが必死でそう返すと、彼女は「お願いします」と続けた。

彼女の言動は、西の空に突如現れた未確認飛行物体の動きのように解析不能だった。だけどその変な女の子が、ボクの人生を普通じゃないと思えるものに変えはじめた。


エクレア工場を辞めた日。ボクたちふたりは人生で初めて、渋谷円山町のラブホテル街に向った。

恥ずかしい話だけど、お金は８０００円とちょっとしかなかったので、とにかくグルグル回って一番安いホテルに決めた。何度か同じ道を歩いて、何度か同じ坂を上がっては下がった。彼女が少し緊張しているのが分かった。「実は私、初めてなんだよね」彼女が前を見たままサラリと言った。「え、あ、そうなんだ」てっきり慣れていると思っていたボクは、動揺を悟られまいとして動揺した。通り過ぎる中年カップル、ひとりで歩いているサングラスをかけた爺さん、若い警察官とすれ違う度に彼女はボクの背中の方をつかんだ。

「やっぱ、ここにしようか」錆(さ)びた看板に「宿泊５８００円」と書かれていた。

「お安い」

「ごめんなさい」

「ウソウソ」そういうと彼女がボクのポケットの中に手を突っ込んできた。

七瀬からもらった小さな花束は、ずいぶんと元気をなくしていた。

その坂の途中にある宿泊５８００円の寂れたラブホテルに入った瞬間、彼女は部屋を見渡し、洗面所を見つけて風呂場(ふろば)に消えていった。「ねえねえ、すごいよ。お風呂が七色に光るの！」彼女の声が、反響している。

ボクも人生初のラブホテルを堪能(たんのう)するように、ベッドに大の字になってみた。枕元(まくらもと)の有線放送や何パターンもある照明のスイッチも、すべてが初めてだった。完全に社会から隔絶された密室感がボクたちをはしゃがせた。彼女の興奮した声を聞き流しながら、ボクはごろりと回転して薄いベッドカバーに突っ伏した。その上に彼女が突然飛び乗ってくる。

「重っ」

「お風呂のお湯入れてる」

「重い」

「失礼なんですけど」

そういうと彼女はボクの上に乗っかったまましばらく足をパタパタとやった。

まだ抱きしめたこともなかったので、一番初めに彼女との距離がゼロになったのは、うつ伏せのボクの上に彼女が乗っかってきたこの時だった。


ボクは彼女を背中に乗っけたまま、枕元の有線と部屋のライトアップをガチャガチャと変える。部屋の隅々まで大音量の演歌がかかって、彼女が爆笑する。そのあとに波の音になり、インドネシアのガムランのチャンネルになって、洋楽のチャンネルに落ち着いた。部屋のライトが紫色になったり間接照明のようになったりして、真っ暗になった。

暗闇（くらやみ）の部屋にジョン・レノンが歌う『スタンド・バイ・ミー』が途中からかかりはじめた。ふたりともピタリと動かなくなった。彼女は突っ伏したボクの上に全体重を乗せながら耳元でゆっくり「海行きたいね」とつぶやいた。彼女の柔らかい重みを感じながら、ボクは幸せという感情を嚙（か）みしめていた。

テレビ美術制作の仕事がはじまってすぐ、ボクは関口と一緒に六本木のヴェルファーレ前の事務所から路地を二つ曲がった、築30年の木造アパートで共同生活をすることになった。深夜作業で帰る事が出来ず、漫喫もビデオボックスもなかった時代、選択肢はそれしかなかった。

妹と同居していた彼女と、仕事仲間とルームシェアをしはじめたボクは、このラブホテルで過ごす週末の一日が唯一（ゆいいつ）の生きがいになった。

ラブホテルの受付のおばあさんとも顔なじみになっていた。彼女は実家からみかんや梨（なし）が送られてくると、スーパーのビニール袋パンパンにつめて、おばあさんにお裾（すそ）分（わ）けをした。部屋はいつも同じとはかぎらなかったけど、間取りと内装はだいたい一緒だった。どの部屋にもラッセンのジグソーパズルが額に入れて飾られていて、下手なヨーロッパ調の絵が壁全面に描かれ、トイレはレンガを模した壁紙だった。部屋にはカーテンのかかった窓が一つだけあったが、開けたことはなかった。

いつしか部屋に入った瞬間「ただいま」なんてふたりして言うようになっていた。密閉された暗闇の中、世の中から遮断された場所で、最近読んだ本の話や、もしフリッパーズ・ギターが再結成したら？　なんて妄想や仕事の愚痴なんかを言いながら、ボクたちは現実逃避をするように抱き合った。抱き合っている時だけは将来の不安と地球の重力から解放される感覚を味わえた。暗闇の中で必死に彼女に手を伸ばす。いつも冗談ばかり言っている彼女が、求めてくる時にだけ見せる真剣な眼差（まなざ）しが好きだった。彼女の汗の匂（にお）いはとても懐（なつ）かしい匂いがした。過去の何かに似ていたわけじゃない。ただとても懐かしい香りだと感じていた。全身を汗で濡（ぬ）らしている彼女がボクの身体（からだ）に巻き付いてくる。ボクの頬に彼女の液体が滴（したた）る。暗闇でも彼女が泣いていることは確認できた。「うれしい時に、かなしい気持ちになるの」彼女は涙の言い訳をよくそんな風に言っていた。

涙と汗がブレンドされた彼女の身体をボクは丁寧に舐（な）め尽くす。少しずつ暗闇に目が慣れていく。彼女がボクのことを見つめているのが分かった。

「気持ちいいね」さみしそうにうれしそうに彼女はポツリとつぶやいた。

青春時代、『Ｈｏｔ-Ｄｏｇ ＰＲＥＳＳ』に〝セックス中にやたらしゃべる男は嫌われる〟と書かれていたので、ボクは必死に最低限の発言を心掛けていた。彼女はよく「人が横にいると眠れない人なんだ、わたし」と言っていて「俺も」なんて合わせていたけど、すぐにふたりともぐっすり眠っていびきをかいていた。

目が覚めると部屋は真っ暗で、早朝なのか昼なのか、ここがどこなのか分からなくなるような錯覚に陥った。有線放送からは、知らないバンドの知らないナンバーが小さな音で流れていた。喉が渇いて、暗闇の中で下着とポカリスエットを同時に探した。彼女はとにかく朝にめっぽう弱くて、起きる気配はまったくない。

テーブルに放置されていたヌルくなってフタもどこかにいったポカリスエットを飲み干して、お湯をためようと浴室に行く。風呂場に敷かれたタイルの冷たさをはっきりと覚えている。今日、これから仕事をするなんて嘘みたいだな、いつもそう思いながら定まらないお湯の温度を手で探っていた。朝の10時にチェックアウトだから、いつも9時には彼女を背負うように浴室に運んだ。ふたりで湯船につかりながら「あー地球滅亡しないかなぁ」とか、まだ半分寝ぼけた彼女とよくぼやいていた。ドライヤーをかける彼女を尻目に身支度をする。彼女は「あ、待って待って」と最後にいつもトイレに行くのが習慣だった。もうすぐチェックアウトの時間。『Ｈｏｔ‐Ｄｏｇ ＰＲＥＳＳ』には〝女性の朝の支度を急がせるな〟とも書いてあった。ぐしゃぐしゃのベッドにうつ伏せになって、今日の予定を反復する時間に当てた。ただその時はだいたいベッドに脱ぎ捨ててあった彼女のコートやカーディガンを敷いて、微かに香る彼女の匂いを全力で嗅ぎながら反復をした。

いつの間にかトイレから出てきた彼女から、ベッドでバタ足をしながらコートの匂いを嗅いでいる男にツッコミが入る。「変態、行くよ」と声がかかる。お前待ちだっての！　と思いながら、今更になって部屋の鍵がないことに気づく。探しているボクの背中に、いつもみたいに彼女が言う。「ね、ふたりで海行きたいね」と。その約束すら、ボクは結局果たすことができなかった。フロントからチェックアウトの時間を告げる電話が鳴っている。

1999年に地球は滅亡しなかった

これは絶望であり希望でもあるのだけど、人の代わりはいる。哀(かな)しいかな誰がいなくなっても世界は大丈夫だ。あの人みたいな人は二度と現れないと人はすぐに言うけれど、二度と現れなくても正直、世界は何の支障もなく朝がきて夜を迎える。

ただ振り返って唯一ひとり、代わりがきかなかった人が彼女だった。始まった時は軽い気持ちだった。ほとんどの薬物患者がそうであるように、何の気なしに始めてしまい、気づいた時には彼女がいないともうダメだった。彼女に教えられたのは、心の傷ってやつにもいろいろあって、時が癒してくれる傷と、膿のようにずっと心の底に居着く傷があるということだった。フェイスブックが無神経に差出した彼女のページをみて、その心の底に沈殿していた傷がシクシクと突然うずきはじめた。彼女はいつまでも思い出にさせてくれない人だった。


この時間の中目黒方面のホームは空いていた。さっき自販機で、温かいほうじ茶を買わなかったことを少し後悔している。女優になりたいと言ったあの女の子からのLINEを既読にした。

「ねえ、努力すれば夢って叶うのかな？」とだけ書かれていた。

日比谷線が轟音をあげながらホームに滑り込んでくる。向こう側で、若い母親が幼い子どもを抱きあげる瞬間を見た。

ボクは「その質問は、ナポリタンは作れるか？　と一緒だと思う」と返信をし、地下鉄に乗り込む。送ったそばから「ん？　ン？」という言葉がすぐに打ち込まれて返ってきた。首をかしげるパンダのスタンプと一緒に。ボクは続けて「たぶん、手順を踏めば必ず近いものにたどり着くんじゃないかと思う」と送った。返信はまたしても首をかしげたパンダだった。もし手順通りできたとしても、たとえそれが失敗したとしても、問題はそれを誰と一緒に味わうかなんじゃないか？　とボクは思ったけど、その言葉はもう打ち込まなかった。たとえハリボテの夢だったとしても、人間は背中のリュックに何か入っていないと前に足が進まないようにできているのだ。荷物は軽い方がいい。だけど手ぶらでは不安過ぎるんだ。

エクレア工場で働くことになったのは潰れた専門学校がきっかけだった。ボクは高校時代、ロクに授業にも出ず、かといってグレる勇気もなく、朝の出欠が終わるとただ美術準備室で日がな一日サボっているような生徒だった。神奈川県の私立のそれなりの金持ちがいく学校に間違って紛れ込んでしまったので、周りとはまったくそりが合わず、学校も貰うものを貰えばうるさく言わない主義だったこともあり、あっという間に孤立した。輝かしいはずの高校時代に異性と話した思い出は、片手で数えられた。

高校時代の典型的な一日の過ごし方は、まず朝は誰よりも早くクラスに入る。誰かいる教室に入って行くのが心底苦手だったから早起きが習慣になった。それは社会人になった今でも役立っている。そして出欠が終わるとクラスを出て、3階の隅にあった美術準備室から校庭を眺めた。お揃いの青いジャージを着た生徒たちが小さなトラックを何周もする姿を見下ろして、「青春だなぁ」なんて独り言を言いつつ早弁をする。このクセも治らない。今でもたまに昼間、会社をサボってフレッシュネスバーガーの2階に陣取り、iPodで音楽を聴きつつ、忙しそうに行き交う人々を見ながら、校庭をぼんやり眺めていたように社会を眺める時がある。あのちょっとした部外者になる感じがボクは嫌いじゃなかった。

最低限の提出物と最低点だけは避けることを心がけ、ボクはそのヌルい私立高校を卒業し、さらにヌルい進路を担任に伝えた。別に興味があったわけじゃない。自分の偏差値では大学には行けなかったことと、入学試験がないということが決め手で、広告の専門学校を選んだ。広告じゃなくてもよかったが広告でもよかった、それぐらいだった。両親は賛成も反対もせず「お前の人生は自分で決めなさい」とだけ言った。父も母も一生懸命働く人で、家には金があった。ただ一生懸命働く人たちだったから、家には人がいなかった。

その専門学校の入学初日。指定されたドアを開けると、クラスは木工ボンドの匂いがした。席に座った面々を見渡すと、今でいうアキバ系の人たちが大多数を占め、残りは金髪のバンドマン風情の人間で構成されていることがわかった。ボクと同じで広告じゃなくても別によかった人たちでクラスは満杯だった。その専門学校は吉原の近くで、猥雑な空気が残る鶯谷の隣の入谷という場所にあった。年に一度だけ、朝顔市でニュースに取り上げられる地域だ。校舎は自由の女神を模したラブホテルと新興宗教の鈍い金色のドーム型施設の間に建っていた。毎朝学校に入る時に、この地球上で一番ダサい建物たちに挟まれた、ダサい専門学校に通うレベルのダサい人間だということを思い出させてくれた。

たいしてガッカリもせず、何の期待もせずに空いている席に座った。教室は補助席を出すほどの満員御礼だった。ボクたちの世代はいわゆる第二次ベビーブームというやつで、小学校は13クラスあったし、成人式は人が多すぎて2回に分けられた。そしてこの辺境の専門学校にも同年代は余っていた。しばらくすると担任が現れ、早口で自分が現在もコピーライターを生業にしていることを語ると、ヘラヘラと笑いながらひとこと言った。「今、席はギュウギュウですが、夏休みが終わると人数は毎年ドッと減るから安心してくださいね、ドッと減りますからね」

それから担任は、ホワイトボードに一冊の本の名前を大きく書いた。

「次回までにこの本を購入しておいてください、これに沿って授業を進めますので」本の著者はもちろん担任だった。クラスを見渡すと皆静かに、その本の名前をノートにメモしている。もうこの時点で、ウトウトとしている者も数人いた。そして担任の予想通り、夏休みがあけるとクラスの生徒の4割は蒸発するかのようにドッと辞めていった。何事も続かず決めることができない人間たちが集まって、また同じ過ちを繰り返した。ただそれだけのことだった。

専門学校時代によくつるんだ車谷という男は、世間で話題だったノストラダムスの大予言をよく口にしていた。時は1992年、バブルが崩壊し始めた世の中の不良債権と化していたボクらの願いは、むしろ地球滅亡に傾いていた。車谷はどんな話の語尾にもだいたい「どうせ、1999年に地球は滅亡するんだぜ」をつけた。貯金をまったくしない根拠にも、就職活動をしない理由にも、自分がまだ童貞な言い訳にも「だってどうせ、1999年に地球は滅亡するんだぜ」をつけた。

だが卒業する頃には専門学校は傾きはじめて、先生たちが先に就活をはじめるという喜劇のような事態に陥る。車谷はあと1ヵ月で卒業だという時に、引っ越しのバイトが続いて眠かったというバカな理由で学校を辞めた。まるで「卒業したって何になるんだよ。だって１９９９年に地球は終わるんだぜ」と言わんばかりに。ただ車谷の言っていたこともまんざらハズレてはいなかった。卒業したって仕事なんてなかった。就職課には、主に引っ越し屋、解体屋、ビルやホテルの清掃の求人しかなかった。この学校で広告を学んだボクに、広告の職はもちろん一件もなかった。

就職課は、とりあえず何かの正社員になってからまた考えればいいんだよと繰り返すばかりで、一刻も早く面倒を片付けたいという感じだった。ボクは結局、広告とはまったく関係のないエクレア工場のアルバイトをこれまた『デイリーａｎ』で勝手に見つけて勝手に働くことにした。就職課の壁に〝神奈川第一菓子工場内定〟と貼り出された時はさすがに笑ってしまった。世の中にはまったく期待していなかった。世の中もボクにはまったく期待していなかった。そして１９９９年に地球は滅亡しなかった。

車谷が口癖のように言っていた恐怖の大王がやってくるはずの７の月の夜、ボクは渋谷円山町の坂の途中、神泉に近いあのラブホテルの一室で、彼女を抱きしめていた。その日は風が強く、ギィギィとホテルの鉄の看板が軋むような音がずっとしていた。ラブホテルのテレビでは、ノストラダムスの大予言についての特別番組をやっていた。特番のおどろおどろしい音楽をBGMに、その夜、ボクは彼女とセックスばかりしていた。部屋の湿度がやけに高かった。クーラーの効きが悪かった。トイレの芳香剤のキツイ匂いが部屋にまで充満していた。

「シャワー浴びたあとみたいにビショビショ」はぁはぁと息をしながらベッドに身を委ね、うつ伏せになった彼女の上に、ボクはもう一度覆いかぶさった。「汚いってば」と、身体全部で息をして彼女はだらしなく笑いながらも、また感じはじめた。ボクも釣られるように笑いながら感じはじめていた。

「さてCMのあとはノストラダムスが残した本当のメッセージが明らかになります！」大物司会者のもったいぶったフリと大仰な音楽がブラウン管から大音量で流れていた。

　彼女の腹と胸あたりにボクの汗がボトボトと滴り落ちる。彼女の目から涙がまた溢れていた。目に入った汗が痛かった。彼女の身体はどこもかしこも、しょっぱかった。滅亡しなかった地球のどん底でボクはまだしぶとく生きていた。

ギリギリの国でつかまえて

関口とボクが会社に入って数ヵ月が経った頃、仕事のスケジュールはスカスカの状態だった。最初の頃だけ発注がコンスタントにきていたけれど、ある時期からピタリと電話もファックスも鳴らなくなった。社長が最初に思っていたよりテレビ業界は村社会だった。元編集マンだった社長でも業界の中のことは、中に入ってみないと分からなかったみたいだ。そこは価格やサービスだけじゃない義理人情の世界だった。ウチのような新参者の会社を使う所は限られていて、結局ボクらはほぼ冷や飯を食わされていた。人生で戻りたくない瞬間は数あれど、あの頃はどう考えてもぶっちぎりの第1位に、ボクの中でランキングされている。専門学校からエクレア工場を経由して、なんとか転がり込んだ会社はジリ貧だった。当然、ボクの人生もジリ貧だった。彼女がいなければ、彼女とのやりとりがなければ、あの時代でボクは自滅していたと思う。

任侠（にんきょう）モノのVシネマのパッケージデザインをしたギャラが、今川焼20個だったりするような仕事がざらにあった。小道具製作という名の内職もさせられた。一番、金になったのは新興宗教のお守り製作だった。それが小道具の部類に入るか分からなかったが、とにかく金払いは良かった。自己啓発本もそこらじゅうの起業家も「夢を持て！」「目標を持て！」と連呼する世相だったが、こちらとしては「夢と目標の前に、今日の晩メシ代がギリギリ」という殺伐とした現実の中で生きていた。

＊

電車は東銀座に停車して、ドアが開く。先を急いでいるサラリーマンの硬い鞄（かばん）が左手の甲に当たった。少しだけ痺れを感じる。今日はやっぱり雨が降る。ボクの左手には消えない傷跡がある。その傷を見る度に、今では幻にさえ思えるあのギリギリの時代が、現実の重さを取り戻す。それは会社が世の中から村八分にされ、ボクがこの社会の底の底で息をひそめていた、１９９５年のクリスマス間近だった。

クリスマスイブの六本木にボタ雪が降っていた。高層マンションの最上階の窓際に、キラキラした豪華なクリスマスツリーの灯りが見える。少しの間立ち止まって、ぼんやりと星を眺めるようにそれを見上げていた。彼女とは翌日、初めてのクリスマスを祝おうねなんて約束していたけれど、突然寂しくなって何度か電話をかけてしまった。「妹とふたりでクリスマス会するわ」と言っていたはずなのに、家に電話しても留守番電話になるだけだった。

この日、ボクを待っていたのはクリスマス特番で急遽必要になったテロップ制作の仕事だった。雪などまったくお構いなく、雨ガッパを着てバイクで制作物の配達に出る。事務所の脇に停めてあった原付の座席には、すでに雪が薄っすら積もっていた。手袋をすべきだったと思いながらシートにまたがり、冷たい突風に肩をすくめ出発した。手の感覚が寒さでかじかんで麻痺していく。走り始めて5分も経たないアマンド前の交差点。路上の一部がアイスバーンになっていたことに気付かなかった。ハンドルを強く握ろうとしたけれど力が入らなかったように思う。次の瞬間、ボクはしたたかに道路に打ちつけられた。カバンにしまってあったテロップの束が散乱して、請求書が溶けた雪に沈んでいった。テロップの紙は写真に使われる印画紙と同じ素材で、そこに黒のインクが吹きかけられているだけなので水にはめっぽう弱い。穿いていたジーンズは左側が激しく破れて、左の膝部分からふくらはぎにかけて血がドクドクと流れていた。左手の指の爪も親指以外、途中から千切れてしまっていて、こちらも黒い血がまったく止まらない。

　ただこの状況でもボクは頭の中で、テロップを濡らさずにできるだけ早く、編集スタジオに届けなければいけないと考えていた。あまりに気が急いて、痛みをかき消していた。本当にそれだけしか考えていなかったと思う。一つの仕事で信用を失ったら、会社が終わってしまう状態だった。それは下っ端のボクでもよくわかった。ボクのせいで会社が潰れると思った。クリスマスイルミネーションの六本木交差点は人でごったがえしていたはずなのに、印画紙に血がつかないように地べたを這いつくばって、散乱した荷物を拾うボクを助けてくれる人はゼロだった。誰もボクのことが見えていないみたいだった。ボクはこの社会の中でまだ数に入っていなかったのだ。左耳の聞こえが悪くてプールで水が入ってしまったみたいな感じがした。少し過呼吸気味になりながらテロップを慎重に一枚、一枚拾っていく。

突然「大丈夫?」と男が立ち止まり、血まみれの左手をグイッと引っ張った。同じビルの3階にいた目つきの鋭いヤクザの若い男だった。たしか階段で何度かすれ違ったことがあった。コイツには俺が見えるのか？　とぼんやりした頭で男を見た。彼もまたギリギリの国で生きていたのかもしれない。男は傷口を確認したあと、少し溶けた泥雪の六本木交差点脇で四つん這いになって、テロップを一緒に拾ってくれた。一枚、一枚拾いながら水で滲まないように自分のハンカチで押してくれている。スーツの膝に雪が染みていた。

彼は集めたテロップをそっとボクに渡すと、躊躇なく「早く届けてこいよ」と言ってくれた。さっきまで水を拭いていたハンカチをボクの左手にぐるぐるとキツく縛って「少しは持つだろうから」とだけ言うとガードレールをまたいで、派手なイルミネーションとはしゃいだ人々で構成されている雑踏の中に消えていった。

編集スタジオはカラオケボックスと同じ仕組みで時間制だ。もし時間にモノが間に合わなかったら部屋代を補償する約束になっていた。

彼が集めてくれた配達物を抱えて、遅れを取り戻すかのように原付を飛ばした。雪が汚く路肩に残った夜の東京を猛スピードで走る。男のハンカチに守られた左手は、心臓が宿ったようにドクドクと規則正しいリズムで激痛を刻んでいる。色とりどりのクリスマスイルミネーションが光の線になって後ろに流れていく。街を歩く人たちの声が聴こえては遠ざかり消えていく。足も痛んだ。風が当たるだけで血が噴き出た場所が冷たく痺れた。左手の握力がどうしても戻ってこない。原付のスピードをフルにしたままボクはなぜかその時、ウルフルズを歌っていた。『ガッツだぜ!!』の覚えていたサビの部分だけを、何度も何度も繰り返し歌っていた。スピードは落とせない。もう事故れない。失うものは命以外ないほどに後ろ盾のない場所で、ボクはあの瞬間を生きていた。今、生きていると心から感じていた。そのスピードの中で夢や希望はとうに振り落とされていたのかもしれない。

品川の編集スタジオまでの道をどう走ったか未だに思い出せない。なぜ間に合ったのかも分からない。届け終わったあと、深夜の救急病院で指の治療をしたのは覚えている。足の傷の方が重傷だったことは意外だった。

後日お礼を言いに、左上の監視カメラが睨みを利かせている3階の事務所のチャイムを鳴らした。上下白ジャージのまだ幼さが残るニキビ面の男に、チェーン越しで事の顚末を伝える。「あ、そいつ、もうここにいないっす」とだけ言われ、扉はすぐに閉められた。

男の名前を知ったのはそれからずいぶん経ってからだ。アングラ週刊誌の片隅の、小さな、だけど物騒な記事だった。真夜中のファミリーマートで立ち読みをしながら、誌面で再会した。記事の内容からもう二度と会えないことがわかった。店に客はボクしかいなかった。あの時言えなかったお礼を込めて、ボクは心の中で『ガッツだぜ!!』のサビの部分だけを何度も何度も小さく口にした。

消えないこの傷が疼く時、ボクはいつもあの光景を思い出す。血まみれの左手をグイッとされた、あの瞬間を。胸に迫るロマンチックというものはそんな殺伐とした場所で、マッチの明かりがフッと点いて消えるように灯るものなのかもしれない。

20年以上も前の夜のことが取れかけのかさぶたのように、雨が降る日は心を少しだけ引っ掻いてくる。日比谷線はブレーキ音を残し、薄暗い駅を後にした。スピードを上げながら緩やかなカーブを描いて、またこの街の奥深くへと潜っていった。

東京発の銀河鉄道

　ファックスの着信音が狂ったように鳴り響いている。１９９６年春。村八分から脱するためテレビ局の大幅な値引き交渉を飲んだボクらの会社は、薄利な仕事で埋めつくされていた。その日も一昨日からしつこい客につかまって、ほとんど寝ていなかった。夜に冷凍うどんを火にかけて作ったら、待っている間にそのニオイだけで気分が悪くなりトイレでもどしてしまった。それでも客の折り返しを待って、ボクは仕事場で朝を迎えた。関口も隣のソファで倒れこむように寝ている。社長は営業に行くと言って、今週一度も仕事場には顔を見せていない。朝の7時くらいに「大丈夫？」と短い電話がかかってくるだけだ。関口とボク、それにアシスタントが数人入っては1週間以内に辞めていくイタチごっこのような状態が続いていた。ファックスはまだ収まらない。クライアントからの原稿を吐き出し続けていて、床にまで散乱している。時刻は午前5時をちょっと回ったくらいだった。今日もまた隙間（すきま）のないスケジュールが待っているのは、その散乱した原稿の束を見れば一目瞭然（いちもくりょうぜん）だった。目の奥に鈍痛を感じる。もうほとんど残っていない缶コーヒーをすすった。もう少しで夜明けを迎える東京は、ファックスの音以外、生き物の気配を感じないほどに静かだった。

　突然、ＰＨＳの着信音がポケットから振動と共に鳴った。モノクロの画面に「かおり」の表示が光っている。ボクは死んだように寝ている関口を一瞥（いちべつ）してから、ユニットバスの中に入る。

「おはよう。どうした?」出来るだけ声を落として電話に出る。

「お、は、よ〜ございます」なぜかアイドルの寝起きを襲う早朝ドッキリの声真似（こえまね）だった。

「朝まで飲んでたの？」

「ううん、眠れなかったの。それで今日一緒にサボろうと思って電話したんだけど」

いつも通り突然だった。

「どこ行くのさ？」

「決めてないし、決めない」

「なにそれ」

「新幹線に乗って、降りたい場所で降りて、食べたい時に食べるの。眠りたい時に寝て、そうだなぁ、温泉には入りたいかも。いや？」

「いやじゃないけど、今日突然休むのは厳しいというか。ウチの人手の無さ知ってるじゃん。今もファックス鳴り止まないし」

そうしている間にも、原稿がどんどん床に積もっていくのが分かった。ボクが電話を切らずに、そろりそろりとユニットバスを出ると、ファックス用紙を足でかき集める関口が立っていた。

「行ってくれれば？　キャバクラ1回奢りでいいよ」大きなあくびをしながらそう言うと、クライアントからであろう電話にワンコールで出る。

「はい、どうもお疲れさまです。そうですね、最速でも今日はちょっと混み合ってまして、お時間いつもの倍くらい見ていただいてもよろしいでしょうか？」

関口は電話で話しながらボクを玄関まで押すと踵(きびす)を返し、ボクの荷物を放り投げてきた。スニーカーを乱暴に履いて、玄関を勢いよく開ける。空はまだ薄紫色だった。東京のど真ん中なのにジャスミンの香りをかすかに感じた。

「もしもし、今から東京駅に向かうよ。うん、今出たから」ボクは電話を切って、一段抜かしで階段を駆け下りた。


ボクたちは新幹線改札前の弁当売り場で待ち合わせをした。白いシャツと例のクシュクシュの白いスカート姿の彼女が、ずらりと並んだ弁当の写真を熱心に見ている。東京駅の雑踏の中に佇(たたず)む彼女は、不思議の国に連れ出してくれるうさぎみたいに見えた。

「どれが食べたいの？」後ろから声をかける。

「ここの駅弁いつか全部食べてみたいな」彼女はボクがそこにいるのが当然のように、振り返りもせずに答えた。

「今、上から4つ目までは制覇してるから」

「じゃあ今日は5つ目と6つ目？　唐揚げと鯛(たい)めし」彼女はこちらを向いてニコッと

笑って頷く。ボクたちは唐揚げ弁当と鯛めし弁当を買って、ホームに止まっていた新幹線に当てずっぽうで飛び乗った。

新幹線の窓から見える景色が、灰色から緑色に変わっていくのが分かる。ホームで買った温かいお茶を一口飲む。彼女はスカスカの自由席車両で、背もたれを最大限に倒した。旅行だというのに彼女は手ぶらだった。

「新幹線の密閉感が好きなの」

「時々耳がつまるけど、いいよね」ボクはそう返しながら、いつになく上機嫌な彼女に嬉しくなっていた。彼女の誘いはいつも気まぐれに見えたけれど、ボクにはそれがいつだって正しいタイミングに思えた。好きな人のすべてが正義になる。そんな恋の魔法にボクは初めてかかっていた。

「ねえ、そのリュック何が入ってるの？」彼女が怪訝そうに聞く。

「一応、下着と歯ブラシに、靴下でしょ、それに」

「旅行みたいだね」彼女がからかうような顔で笑った。

「え？　旅行じゃないの？」

「旅行じゃないわよ。これは駆け落ち」

反応を面白がるかのようにニヤリとして、ボクの肩にもたれかかってくる。

彼女のこの思いつき旅行に、ボクは季節の変わり目ごとに付き合わされることになる。彼女の中で南はバカンス、北は駆け落ちということになっていた。その日の気分で駅を決め、降りた街を散策し、知らない公園でブランコに乗ってぼんやりしたり、初めて入る古本屋で立ち読みをしたりした。店構えがいいラーメン屋を見つけてはふたりでよく食べた。美味(おい)しいもの、美しいもの、面白いものに出会った時、これを知ったら絶対喜ぶなという人が近くにいることを、ボクは幸せと呼びたい。


ボクも背もたれを最大限に倒し大きく伸びをしてから、窓の外を見ている彼女の手をふと握ってみた。彼女は外の景色を見たまま、ボクの手を握り返してきた。新幹線は気持ちよくスピードを上げていく。初めて見る大きな川が視界に入ったかと思ったら、あっという間に後ろに消し飛んでいった。

「このまま仕事辞めて遠くに逃亡したいなぁ」あのワンルームでファックスを拾い集めているだろう関口を思いながら、ボクは無意識に言っていた。この頃は息を吐くのと同じペースで弱音と愚痴を吐いていた気がする。

「なんで遠くに行きたいの？」彼女の邪気のない質問にボクは決まり文句のように答

える。「だって、例えば海外に行って色々な刺激を受けたら人生変わりそうじゃん」

「そうかな」「そうだよ、俺の知り合いにもいるもん」

今なら分かる。霞のかかった目的地は、いつまでも霞がかかったままだと。あの頃は行き先も分からない自分の人生を楽しむ余裕がなく、ただただ逃げたかったのだと思う。今思えば、それはきっと「眠れなかった」と言っていた彼女も一緒だったんだろうけど。


「宮沢賢治は死ぬまで遠くに行ったことなんてなかったんだよ」

この日初めて、いつものやりとりの先に彼女が続けた。

「宮沢賢治?」ボクがそう言うと彼女は腰を浮かして、後ろポケットから文庫本を一冊取り出した。

「病気だった妹を想って、この本を書いたんじゃないかな」

ボクは彼女の体温の残った『銀河鉄道の夜』を無言でペラペラとめくる。

「賢治はずっと東北の田舎町で人生の大半を過ごしたのに、銀河まで旅したんだよ」

車窓から差し込んでくる朝の光に目を細めた彼女が、カーテンを半分閉めながら言う。

「きっと、妹を一緒に連れて行ってあげたかったんじゃないかな」そしてボクの目を見てこう続けた。「どこに行くかじゃなくて、誰と行くかなんだよ」

何と返していいのか分からないボクが、おぼつかない答えをまとめる前に彼女がひらめく。「そうだ。今日は宮沢賢治記念館に行こうよ、それで山猫軒でレモンティーを飲むの」「うん」「決まり」彼女は嬉しそうに鼻歌を歌い始めた。

何度かトンネルをくぐり抜け、何度か売り子のカートが席の横を通過していった。しばらくすると彼女は眠りこけ、ボクも連日の徹夜の疲れと彼女の寝息に導かれるように眠りに落ちる。

座席の震動が優しく背中に響く。うつらうつらとする意識の中でもう一度、彼女の手を握る。眠っているはずの彼女が無意識に握り返してくる。新幹線がトンネルにまた突入する。光が屈折して、閉じたまぶたの裏側に反映されていく。不揃いな光の乱反射の中、ボクはまだ見たことがない降り注ぐような星空と、気持ちのいい風が吹き抜けるイーハトーブの光景を想像していた。

雨のよく降るこの星では

１９９６年、初秋。懐かしい男と意外な場所で再会した。

「え、え、やだぁ、すごい久しぶりじゃないのぉ」

新宿ゴールデン街の、人がやっと通れる道で、小太りの明らかに女装と分かる男が声をかけてきた。

ボクは最初、本当に誰だか分からず、返事もせずにその男をつま先から頭までまじまじと見た。

「誰？」分からなかった。

「やだ、ワタシよ。同じ釜のエクレアを食った仲じゃない」

「七瀬！」驚きのあまり大声が出た。路地の先から外国人観光客の集団がこちらを振り返る。

「七瀬、なにやってるの？」

「アンタこそ！」

「俺は、仕事が休みだからさ」ボクはそういって後ろに隠れていた彼女を指さした。

「あ、ども」いつもの威勢の良さはどこへいったのか突然人見知りを復活させ、彼女はほとんど地面に挨拶をしている。

「あれ、あれ、あれ？　どちら様？」

　ニヤニヤする七瀬の肩口をグーで殴ってボクはもう一度聞く。

「七瀬はここで何してんだよ」

「ワタシは店やってんのよお」

「店？」

「どうぞ、ご贔屓に」そう言って七瀬は名刺を取り出しボクに渡すと、手を伸ばして後ろの彼女にも渡した。

「ＢＡＲレイニー」彼女がぽつりと店名をつぶやいた。

「そう、いいでしょ？　和風居酒屋よ」

「それでなんで、ＢＡＲレイニーなんだよ！」もう一度、肩口をポンと叩いた。懐かしかった。うれしかった。

ふたりしてケラケラ笑って、七瀬の店に行くことにした。彼女は少し緊張が解けたのか愛想笑いを浮かべていたけれど、ボクのジャケットの後ろをずっと握って歩いていた。


ゴールデン街のすみっこにあった『ＢＡＲレイニー』は、本当にその名前からは想像できないぐらい、ひなびた風情の和風居酒屋だった。

カウンターには大皿が並び、そこにはきんぴらごぼうや小魚の南蛮漬け、細かく刻んだたくあんの入ったポテトサラダなどが、どっさり盛られていた。カウンターは7席で、奥に無理矢理作った1畳ちょっとの座敷がある。大相撲のカレンダーが2ヵ所にかかっていて、トイレには若貴の手形サインが飾られていた。

「居ぬきで改築してさ。前の店の看板が『ＢＡＲレイニー』でね。お金ないから和風なんだけど店の名前はそれにしちゃった」

まだ開店前だったけれど、七瀬はボクらのために開けてくれた。ドサドサと皿から料理をみつくろってどうぞと渡してくれる。そして昔は真っ白だったであろう年季の入った冷蔵庫から瓶ビールを1本取り出し、気持ちのいい音を鳴らして栓を抜いた。

少しこの状況に慣れてきた彼女が声を発した。「この人、昔から暗かったんですか？」

「あ～ネガティブ。工場の休み時間ずっと、文通相手探してあげてたんだから」

「アハ」彼女が照れ笑いを浮かべてボクの方を見た。

七瀬がカウンターから肩を組んできて「文通コーナーの読み聞かせしてたもんねえ」と言ってきたので、ボクは久々にヘッドロックをかけた。

「ギブギブギブ」

「ギブなし」ボクと七瀬のあの頃みたいなやりとりに、彼女は頬杖（ほおづえ）をつきながら笑っていた。

それから先は、七瀬の劇団が資金繰りから解散することが決まり、それを機に工場を辞めて、道路工事の誘導のバイトをずっとやっていたこと、その仕事終わりに飲みにきていた店が『BARレイニー』だったこと。そのママが癌になり、常連客で集まって話し合い、結局、七瀬が店を引き継いだ話を聞いた。大皿からポテトサラダをつかむその手つきは、エクレア工場仕込みのトングの使い方そのままだった。

「もしかしてまだ演劇やりたいですか？」彼女が遠慮がちに七瀬に質問をした。「全然よ。お金が尽きて、人間の一番汚い部分全部見ちゃったからね。もう人間を深く観察したくないわ」「全部知ってもいいことないですもんね」彼女は時折、妙に悟ったようなことを言った。

「もしかしてなんてないのよ人生」七瀬はそう言って笑いながらボクのグラスに焼酎をドボドボと足した。ボクはその夜、遅い開店祝いのつもりで3万円をカウンターに置き、また彼女と一緒に来る約束をして席を立った。

　この頃、ボクは急に金回りが良くなっていた。入社してからジリ貧だったボクらの会社が浮上したキッカケは、これまた泥臭いものだった。とある六本木の有名なキャバクラCに、夜な夜なテレビ関係のお偉いさん達が集まっていた。その店の女の子数人の名刺のデザインと上顧客に配るパンフレットのデザインを、仕事がまったくなかった時期にボクらの会社は受注していた。六本木『ガスパニック』のバーテンの女の子から回してもらった仕事だった。これがキャバクラ嬢経由でテレビ局のお偉いさんの目に止まり、美術を担当するレギュラー番組が急増した。時を同じくして、バラエティ番組にテロップが多用される演出が一般的になり、会社は一気に人数を増やして体制を整え、すべての仕事が倍々ゲームのように膨らんでいった。バブルはとっくにはじけていたはずなのに、少なくともボクの周りのテレビ業界はバブルの残骸がまだ残っていた。

七瀬と再会した翌日は、人気バラエティ番組の高視聴率と5周年のお祝いが、赤坂プリンスホテルの大広間でとり行われた。受付で名刺を出すとその頃、最新式だったソニーのMDプレーヤーが記念品として全員に配られた。ビンゴ大会の景品は一万円札がパンパンに入った箱の現金つかみ取りや、引っ越し代&家具一式プレゼントなどで完全に浮世離れしていた。一週間に2度は休めるようになって、収入も安定してきた途端、それまでどこに人がこんなに隠れていたんだろう？　と思うぐらい食事の誘い、異業種パーティーの誘い、イベントの誘いの連絡が増えた。社会の数に突然カウントされ、周りはキャッキャと喜ぶ人間ばかりだったけれど、ボクは遅れてきた人生の浮ついた季節に、まだ慣れることが出来ないでいた。華やかなパーティー会場で、行き場を失って作り笑いばかりしていた。

ちょうどその頃もらった仕事で、月曜から金曜まで帯でやる朝のワイドショーのテロップ作業があった。編集室が新宿にあったので、『ＢＡＲレイニー』は当時のボクと関口の待機部屋になった。

朝の番組だけに仕込みは深夜になることが多い。その後も朝になるまで、緊急ニュースがあった場合の差替えや変更にすぐ対応出来るよう、ボクら美術の人間は番組終了直前まで帰宅が許されていなかった。窓もなく編集機材に囲まれた現場にずっといるのも気が塞ぐので、近くて早朝までやっていた七瀬の店で待つのが習慣になったのだ。

濃いめの焼酎を飲みながら、ボクらは呼ばれるか呼ばれないか賭けて朝まで飲んだり、途中で呼ばれて酒臭い息のまま現場に向ったりしていた。

七瀬がママをやっていたことが通いやすかった一番の理由だけど、もうひとつあるとしたら、幼い頃に店の手伝いをした祖母の飲み屋にどことなく似ていたこともあるかもしれない。店内の匂いも、割烹着を着た七瀬の佇まいも、どこか祖母に似ていた。

まったくファックスが鳴らない、もしくは壊れたようにファックスが鳴るような、アップダウンの激しい恐怖の時期は完全に脱していた。その日もまた、目覚めると

『ＢＡＲレイニー』にいた。何気ない朝だった。ボクはまだ若かったし、体力もあった。傷が少し痛む時もあったが、大きな病気の前兆はない。両親も健在で、付き合っている彼女もいた。あの朝の、うつらうつらとしながらもハッキリと感じる、穏やかな温かさをボクは今でも鮮明に思い出す。

店のガラス戸に雨が打ちつけられて、激しい音を鳴らしていた。いつものように会社からの連絡を待ちながら、ボクと関口は焼酎のお湯割りを３杯あおり寝てしまったらしい。激しい雨なのに陽の光がガラス戸から差し込んでいた。やかんが気持ちのいい音を鳴らし、ボクは薄っすらと目を開く。座敷で横になっていたボクの身体に薄手の毛布がかかっている。こぢんまりとした店内に味噌汁のにおいが香った。カウンターには、いつの間にか関口が座っていた。「いま、ほうじ茶煮出してるからね」七瀬がそう言って、味噌汁にとうふを切って入れているのが見えた。

仕事が心配になったけど、もし急ぎがあったら責任感の強い関口はひとりでも飛んで戻っているはずなので、大丈夫なんだと悟った。

ボクはその人生の余白のような時間に浸って、また眠りに落ちそうになりながら、薄目でふたりを眺める。

「昨日のさ、カウンターの隅っこにいた人。あの人ってマジで元Jリーガーなの？」

関口が、ご飯の炊きあがりをチェックしていた七瀬に声をかける。

「まぁそう言ってるよね、あの子は」

「ふうん」

「この店では、それでいいじゃない」

「そうかぁ」

ゴールデン街のどの店でも何人かと顔見知りになってはいたけれど、お互い余計な詮索はしなかった。そこで出会った人たちと今は繋がっていない。瞬間的にその場限りの友だちになったり、知り合いになったり、なったフリをして、その夜の流れに身をゆだねていたような気がする。自分がすみかにしている場所以外に、別の顔をして別の自分を演じられる居場所を持つことが人生には必要なんだということを、ボクは真夜中のゴールデン街で通りすがりの賢人たちから学ばせてもらった。

その夜だけのあだ名で呼び合い、その夜だけの自慢話や、その夜思いついた体験談が飛び交っていた。トイレから出てきたら、その人はもういなくて、それっきりなんてこともよくあった。だからこそ身内にも話せない本音も交えて語ることができた。

真剣な悩みを笑って冗談にすることができた。その瞬間だけ距離が縮まり、人生が接近し、またそれぞれの世界に戻っていった。

事情は知らないが、関口はずっと新潟の実家に帰っていないと言っていた。七瀬からも近親者の話を聞いたことはない。

だが白いものがまじった長い髪をうしろで束ねた七瀬がおにぎりをにぎる様を、カウンターから少し身を乗り出して眺めている関口のツーショットは、まるで親子だった。

ガラス戸にあたる雨が一層激しさを増していた。ただ陽の光は確実に朝を告げている。店内の流れっぱなしのＡＭラジオからざらざらした荒井由実の『中央フリーウェイ』がかかり始める。ボクは眠りそうで眠れないスローモーションのような時間の中で、今日起きたら彼女に電話をして、好きだよと言おうと思った。この瞬間の気持ちがずっと続けばいいのに。明日も、明後日(あさって)も、何年先もずっと。それは夢だよと誰かに言われたとしても。

東京という街に心底愛されたひと

下品なゴシップが書かれた雑誌の中吊り(なかづ)を見ながら、ボクは中目黒を目指している。ここ数週間、テレビ屋の端くれながらテレビも雑誌も見ないように過ごしていたのに、どうしても気になって見出しだけ目で追ってしまう。

『介護王の裏の顔！　愛人20人との愛欲生活と政界との蜜月(みつげつ)関係』

関口からまたメールが届く。

〝無理っぽい？〟

〝今、向かってる〟と打ち込んでボクは地下鉄の真っ暗な窓の外を覗き込んだ。目の前のつり革につかまったサラリーマンがうつらうつらとしている。年の頃で30そこそこだろうか。つり革をつかむ左手の薬指に結婚指輪が見えた。彼にもまたボクの知らない出会いがあり、愛する人がいて、誰も知らないふたりだけの思い出を抱きながら生きているのだろうか。けれど、かけがえがないと思った相手との叶わなかった日常を、フラッシュバックのように思い出すこともあるのだろうか。

ボクは下品な中吊りにもう一度、目をやった。見覚えのある男の大きなカラー写真の横、モノクロ写真で目に黒い線が貼り付けられた女性たちの顔に釘付けになった。

「スー、君は今日この瞬間、どこで何をしているの？」

1997年の夏、関口は新番組の契約を取ってきたボクのお祝いだとその日、六本木のクラブ『REQUIEM』の華やかで酔狂なパーティーに連れ出してくれた。介護王こと佐内慶一郎は、当時、都内でコンセプトの違うカフェバーを17店舗経営する実業家だった。彼の企業『ナカマコーポレーション』の10周年パーティーのオープニングを彩る(いろど)CG映像や、フロアの装飾などをボクらが担当していた。
テレビ番組で使用されるテロップ事業で始まった会社は紆余曲折(うよきょくせつ)あって、一般企業の展示ブースのデザイン、コンサートやイベントなどの演出などにも事業を拡大していった。

関口はこの時期、西麻布(にしあざぶ)交差点近くにあった日焼けサロンに通い、細身の黒スーツにクロムハーツのネックレスという外見を一年中保ち、三宿の4LDKのマンションを借り、いわゆる勝ち組という風情(ふぜい)で生きていた。

「たまには、息抜きでもしよーぜ」クラブに入った瞬間、人々の発狂に近い歓声とDJが繰り出す爆音の波に関口の声は消し飛ばされた。

ボクにも同じように金が入ってきていたけれど、世間の手のひら返しにどうしても馴染(なじ)めず、住まいも生活レベルもほとんど変わっていなかった。ロレックスを新品で買って飲み屋でなくしたぐらいのものだった。人は「今より悪くなる事」と同じくらい、「今より良くなる事」に対して恐怖心を抱く生き物なんじゃないかと思う。

クラブ『REQUIEM』に来たのはもちろんその日が初めてだ。強面(こわもて)のクラブマネージャーに案内されて、３層構造のフロアの最上階、絵に描いたようなＶＩＰルームに通された。関口はフロアを物色しながらボクに一言だけ忠告した。「ＶＩＰルームのスーってバーテンの女には声かけんなよ、佐内社長の女だから」「そんな元気ねえよ」ボクが関口にそう告げている瞬間も、モデル体型の女性が目の前を通り過ぎていく。ポケットの中の携帯が振動し、彼女から「おやすみー」とだけ表示されたメールが届く。彼女のいる世界と、今自分がいる世界は同じ時代とは思えないほどの温度差があって、なんだか彼女に申し訳ない気持ちになった。

ボーイが運んでいたマティーニをスッと取ると、関口はポケットから出した錠剤を口に放り込んで一気に飲み干した。

「ほどほどにしろよ」

「今日だけ、今日だけ」

彼は彼で生活の激変からか、この時期、特に不安定だった。ＶＩＰルームの中は完全な防音で、ダンスフロアの喧騒が嘘であるかのような驕り高ぶった空気に満ちていた。麝香の香りがする。革張りの黒光りしたソファに座ればマジックミラー越しに、階下でうごめく一般客らを足を組んで見下ろせる。テーブルには宝石みたいなシュリンプカクテル、ローストビーフ、カリフォルニアロールが銀のプレートに大量に盛られていた。モデル風の女性がカウンターからこちらを見ている。関口は目ざとくそれに気づき「今日はバンバン声かけるぞ。フラれたとしてもそれを成長痛と俺は呼びたい」と息巻いて、また別の長身のふたり組の女性に向かって乾杯のポーズをとった。ボクは早々にこの場の雰囲気に飲まれてしまって、すでに居心地が悪い。

関口はその冗談みたいに悪趣味なVIPルームがいたくツボに入ったらしく、ギュウギュウの一般客を見下ろしながら「ディス・イズ・トーキョー！」とみっともなく浮ついてみせた。部屋に備え付けられたモニターから会場の風景と音声が流れ始める。J-WAVEの深夜のDJをやっていた男がタキシード姿で登場し、客を煽った。「ではここで本日の主役、ナカマコーポレーション社長、佐内慶一郎様のご登場です！」

フロアは暗転してボクらが2週間徹夜して作ったCG映像が流れ始めた。格闘技の煽りVTRのような内容に歓声と爆笑がこだまする。そしてクライマックス、客が一斉にカウントダウンを始める。関口もマジックミラーにへばりついて、フロアの観客と一緒に、ものすごい大声で5・4・3…と叫んでいた。

逃げるなら、今しかない。ボクは深く座っていた革張りのソファからさりげなく立ち上がる。その瞬間グイッと両手でソファに押し戻された。「お座りください、のちほど佐内様が、直接ご挨拶をさせて頂きたいとのことですので……」それがバーテンダーのスーだった。

スーは、涼しげな目と黒髪のショートカットが印象的な美女だった。細身のわりに胸の膨らみが良く分かるタイトな白いシャツを着ていた。ボクはこの手のタイプの子を見ると、自分とは異世界の住人に思えて自動的に心のシャッターを下ろしてしまう。見下すような視線を勝手に感じてしまうので正直、心底苦手なタイプだった。「何かお持ちしましょう」彼女の威圧感にすっかりくじけたボクは、「なんでもいいです」とぶっきらぼうに答えた。レーザー光線とスモークに包まれた佐内の登場に会場が沸く。光の束がこの部屋の天井にも反転して映っていた。フロアの度を越した熱狂が、モニター越しでも伝わってくる。

スーがなめらかな手つきで、薄張りのロンググラスに厚めのライムが沈んだドリンクを持ってきた。ボクはあんなに美味しいジンリッキーを、あれ以来どこでオーダーしても飲めたためしがない。「常温の希少価値の高いジンと冷凍保存したジンの2種類を微妙に調合して作るの」後からレシピを教えてもらったのだけど、絶対にあの時の味は再現できなかった。舌をつけた瞬間に、ふわっと弾（はじ）けるような爽快（そうかい）なライムの香りが鼻にぬける。氷はなめらかでどこにも角がなかった。

6杯目のジンリッキーを飲み干し、少しアルコールが回った頃に佐内慶一郎が現れた。後ろには大名行列のように美しい20代前半の女性5、6人を従えている。

「おう、兄ちゃん久しぶり」会ったことはなかった。でも言えなかった。

「はい、ご無沙汰（ぶさた）しています」

「そうだそうだ。西麻布だ、あん時だ。つまんねえ学生起業家、覚えてる？」

佐内は、長い黒髪を後ろで結び、一目で仕立ての良いスーツだとわかる格好をしていた。どこをとっても50歳を超えているとは思えなかった。前歯全部を紙が貼（は）り付いたような白い差し歯にしていて、ニンマリ笑いながら握手を求めてくる。笑いながら話しかけてくる人間に善人はいない。それがボクのいくつかある座右の銘のひとつだ。

テレビで見たことのある有名ファッション誌の編集長が佐内のところにすり寄っていった。何人かの誰でも知っている女性アイドルの名前を出して、佐内がそのファッション誌でやっている対談コーナーのゲストを、にやにやと笑いながら立ち話で決めている。

会社自体が、来る仕事をなんでも受けなきゃいけなかったあの頃、ボクたちはどんな人種からの仕事もよくこなしていた。その中で最も下品な種類の人たちが、この東京という街に心底愛され、馴染み、巣食っていることに、ボクは気づかざるをえなかった。

ナカマコーポレーションは、そのパーティーからほぼ3ヵ月後に脱税容疑で家宅捜索を受け、佐内は失脚する。その後、裏で何種類もの風俗産業の経営者だったことを週刊誌に暴露され、表舞台から一旦（いったん）は消える。しかし脱税事件での起訴は奇跡的に免れ、佐内は介護ビジネスの新規事業とタレント活動を開始。業界でまた風雲児と呼ばれる存在になっていく。東京に溺愛（できあい）されたタイプの人間は、呆（あき）れるほどしぶといという特徴も持っていた。

あの夜ボクたちに短い挨拶をした後、佐内はこの間バリで泊まったという、一泊120万円のコテージの話を延々としていた。顔に赤みが増し、明らかにテンションが上がってきた佐内は東京中を見下したような笑顔で、ひとりの女を指さして問いかけた。

「おまえは今日、俺と寝れるか？　ん？」ニヤケ面で興味を隠せない関口の横で、ボクはその非日常的なやりとりを真顔で追っていた。「5秒以内に答えてみ。よーいドン」いつものことなのか、周りの人間は何もなかったように雑談を続けていたし、ボーイは忙しそうにカクテルを運んでいる。

「え！　ていうか逆にうれしいかも」

女は、一拍も置かずそう答えて、周りの女たちと手をたたいてカラ笑いをした。その時、スーが耳元で突然「このあと、佐内社長がサプライズでＤＪをやりに席を立ちます」と言ってきた。その言葉どおり、しばらくすると佐内がスーに呼ばれて下のフロアに消えていく。彼が扉を閉めた途端に残された女たちが全員、携帯電話のチェックを始めた。佐内に口説かれていた女はカウンターに場所を移し、さっきの雑誌の編集長に言い寄られていて、まんざらでもなさそうだ。酔っぱらいはじめた関口がフリスクみたいに錠剤をまた口に放り込んでいた。

ボクは細い廊下を抜けて曲がりくねった階段を早足に下り、エイリアンに捕食されているような激しいキスをしている白人男性と露出の多い日本人女性の横を通り過ぎた。裏口の関係者専用の鉄の扉を開けると、街の熱風と湿度が肌にまとわりついてきた。「ふう」と大きく息を吐く。交差点を目指して歩き出そうとしたその瞬間、背後から突然呼び止められた。

「ねえ」

思いがけない声に振り返る。するとそこには誰の言いつけか、冷ややかな視線をこちらに送るバーテンダーのスーが立っていた。

あの猥雑な空間から飛び出し、六本木の路上に降り立ったスーは、街灯に照らされた影までが造り物のように見えた。スーの後ろに東京タワーがそびえ立っていた。

冷めた大きな瞳が美しくも、どこか不安定にゆれている。腕を組んだままゆっくりとこちらに歩いてくるスーに、ボクは思わず後ずさる。

「見つけた」

ボクはスーの吐息からアルコールの甘い匂いを感じながら、視線をさまよわせた。

「この世に絶望してる人を見つけるの、得意なの、あたし」

「それ全然褒めてないですね」かろうじてそう切り返しながらも、ボクはスーの放つ妖艶な迫力に動けないでいた。

「全然」スーの言ったその〝全然〟はどっちなのか判断がつかない。

外苑東通りを蛇行するオープンカーからブラックミュージックがガンガンに流れて

いた。気持ちのいい風が吹き抜ける。

「あの部屋で、自分と同じ目をしてる人、初めて会った」スーは無邪気な女の子みたいに笑った。

そして次の瞬間、鼻と鼻がぶつかりそうな距離にスーの顔が近づいてくる。鎖骨付近から男モノの香水の匂いがした。

「あのね」スーが大きい声で言う。

スポーツカーの猛スピードで闇を切り裂くエンジン音がふたりに割って入り、一瞬の沈黙が降りる。思わず顔を近づけようとした瞬間、スーが手のひらをボクの顔にくっつけてきた。

「ねえ」

「はい？」

「なんだかまた会う気がしない？」そう言うとスーは目を細めて、フフと笑った。

「番号教えてよ」遠くでパトカーのサイレンが鳴っていた。

あの子が知らない男に抱かれている90分は、永遠みたいに長かった

１９９７年夏。彼女のこの頃の関心事は『エヴァ』一色だった。『新世紀エヴァンゲリオン劇場版　Ａｉｒ／まごころを、君に』。やたら張り切って前売り券を買っていた彼女に誘われて、深夜の新宿ミラノ座の最終の回にふたりして飛び込んだ。彼女は映画の中盤からあからさまに寝ていたくせに、エンドロールが流れ劇場が明るくなると、「やっぱいいね」なんて言って笑った。内容はまったく思い出せないけれど、思

い出せないから、あの映画は今でもボクの青春だ。映画が終わるとモスバーガーでオニオンフライをかじりながら、『人類補完計画』についてお互い持論をぶつけあった。彼女は「今度会うときは秋だね」と思い出したように言った。

彼女はこの時期、仲屋むげん堂のアルバイトを辞めて、全国のアジア雑貨店などに商品を卸している代理店と個人契約を結び、初めてインドへ買い付けに出かけることになっていた。初の大仕事と念願のインド行きに嬉しさを隠しきれない様子だった。「あっちに着いたら、絵はがき送るからね」全然寂しそうじゃなかったことが、ボクをいじけさせた。その後、旅行に必要なものを買うという彼女と東急ハンズの前で別れた。ちょうど駅に向かう途中、見慣れない電話番号だけが書かれたメッセージが届いた。慌てて電話をすると挨拶もなしに「渋谷の『ｂａｒ　ｂｏｓｓａ』ってお店、あたし好きなんだけど、今度行かない？」と、スーは言った。ボクは動揺して「ロイヤルホストでシーフードドリアを食べてもいいね」なんて0点の答えが口をついた。

「やっぱり、あなた変わってる」

最初にスーと再会したのは、本当に渋谷のロイヤルホストになってしまった。そのあと、東急文化会館8階のプラネタリウムに行った。

ボクたちが落ち合うのは大体、午前0時過ぎ。平日お互いの仕事が終わった後だ。スーがシラフだったことは数えるほどだったと思う。待ち合わせ場所はいつも、クラブ『REQUIEM』からちょっと離れた、ベンチが2つあるだけのひと気のない公園だった。ベンチの上に体育座りでラフな私服のスーは、どこにでもいる女の子に戻っていた。音楽に夢中なスーの肩を、ポンポンとたたく。するとイヤフォンを片方、ボクの耳に突っ込んでくれた。バネッサ・パラディの『ビー・マイ・ベイビー』が途中から流れた。

「あのさ、スーって本名はなんていうの?」「スー」「だから、本名」「スーだって」「そんな人間いるかよ」「ここにいるわよ」そう言って笑った。たしかにあの時、スーはそこにいた。

スーの部屋は五反田の風俗街の脇にあった。6階建ての最上階で、ウイークリーマンションのような簡素な白壁のワンルーム。テーブルの上にティッシュボックスがひとつだけあった。無印良品のベッドの横に小さいプラスチックの半透明のゴミ箱。湯沸かし器と電話機はコードがこんがらがったまま、無造作に床に置かれていた。やけに大きなテレビがあって、部屋の隅には背丈の低い木製の本棚があった。そこに女性誌と少女マンガとＤＶＤがごっちゃに入っていた。窓ガラスの隅に入った亀裂がやけに気になった。

「このマンションね、住んでる女の子、全員風俗やってるの」そう言うと、リプトンのティーバッグを入れたままのマグカップを「熱いよ」と言って渡してくれた。スーの部屋に来たのはその日が初めてだった。

「ん？　スーもってこと？」ボクはそれを受け取りながら聞き返した。「うん」スーはニッと笑って熱すぎる紅茶をフーフーしながらすする。「お金が足りないの？」率直に失礼なことを聞いてしまった。「うーん、それもあるけど年からいってもあと２年以内に海外の舞台に立ちたいの」そう言うとちょっとだけ真面目な顔になって、相当ショックなことを言った。「佐内にこの仕事、紹介されたんだよねぇ」「え、何それ？　どういうこと？」「家賃も、英語のスクール代も、ダンスのレッスン代も出してもらう代わりに、この仕事を引き受けたの」「えっと……なんで？　マジで俺には謎だよそれ」「うんと彼はね、自分の女が他の男に犯されてる話を聞きながらするのが、スキなのよ」

　スーはその時、別に悲しい顔などしなかった。何度も説明してきた自分の将来の夢を話すかのように、ボクにそれを告げてから「でも彼のことは好きなんだよね」と言って笑った。

「さっきコンビニの入ってるビルの横に風俗の案内所あったでしょ?」「あ、あった」ボクは、なんとか平静を保とうとしながら答えた。「あそこで受付して、指名した女の子とコンビニで待ち合わせして、この部屋でプレイするの。おもしろいでしょ?」

自分の部屋を使った風俗の形態は、業界でもモグリの違法だった。後に週刊誌などによってまことしやかに報道された記事によると、佐内は赤坂見附と渋谷で会員制高級売春クラブも経営していた。現役のグラビアアイドルやモデルなども在籍していたとの噂は、今もインターネットの掲示板から消えることはない。もちろん、真相はすべてが藪の中だ。

次の瞬間、電話がけたたましく鳴った。「ほらね」そう言うとスーはワンコールで受話器をとって、プレイ時間と客の外見を慣れた感じで聞き取りながら、それらをPHSに打ち込んでいく。

「はい、じゃ向かいます」そう言うと電話を切り、こちらを向いてイタズラっぽく舌をちょっとだけ出した。

「びっくりしたでしょ?」「いや」「いや?」「ていうか」「ていうか?」スーは逃がしてくれなかった。「いや、ていうか、知らなかったから」ボクは目を逸らさないように注意を払った。

いつのまにかデニムのジャケットをはおり、身支度を始めている。「今からコンビニでお客と待ち合わせをして、90分間、ここ使うことになったから」「あ、うん」「終わったら連絡するね！」何もなかったかのような普段通りの笑顔だった。

急いで準備をして、一緒に部屋を出た。「あ、机の上に紅茶置きっぱなしだった」とボクが言うと「大丈夫、そっちの方がみんな好きなんだ。リアルってやつ？」「そう……」

エレベーターの中でスーは、点滅する数字を見ながら腕を組んできた。エレベーターが開くと「じゃあね」とこちらも向かずに言うと、スッと腕を解いて歩きだした。腕時計を見た。ボクが時間を確認して顔を上げると、もうその姿はなかった。

5分ぐらいでスーは若い20代のいかにも真面目そうなサラリーマンと腕を組みながら戻ってきた。さっきボクに向けられていた笑顔は、今はそのサラリーマンに向けられていた。そしてふたりはマンションに当たり前のように消えていった。

あの部屋に灯りがつくのを下から覗いていた。10分後くらいだろうか、部屋は突然真っ暗になった。

マンション横の駐車場のフェンスに寄りかかり、ズルズルと腰を落として体育座りになる。ポケットにスーから借りっぱなしになっていたMDを見つけて、イヤフォンを耳に突っ込んだ。途中まで聴いていたであろうジャミロクワイが爆音で流れはじめる。

あの子が知らない男に抱かれている90分は、永遠みたいに長かった。

ワンルームのプラネタリウム

　スーの部屋から灯りが消えて、それから途方もない時間が経ったような気がした。ボクは時計を確認した。時間はまだ20分とちょっとしか経っていなかった。フェンスがしなるほど身を預け、今置かれている状況に頭を抱えながらつぶやく。

「なにやってんだ、俺」

90分をこんなに長く感じたことはなかった。頭の中は整理がまったくつかず、気持ちはまるで追いつかなかった。何を感じればいいのだろう。嫉妬か？　興奮か？　いや……発狂だな。普通ならまず帰るよな？　今からでも帰るか？　いや帰るって一番相手が傷つくやつだよ。でもこの後に普通の顔で会えるのか？　いやもうそうしなきゃダメでしょ人として。混乱した。混乱したせいで感情の引き出しが全部同時に吹き出して、くだらない考えだけをぐるぐると巡らせては、その場から動けなくなって、駐車場に設置されていた看板の注意事項を時間つぶしに読んだりしていた。

ボクは2日前に突然彼女から届いたポストカードを、鞄から引っ張り出した。それは満天の星空に照らされたガンジス川に、一艘の小舟が浮かんでいるどこか寂しい写真のポストカードだった。裏には若葉色の色鉛筆で「こっちにおいで」とだけ書いてあった。遠かった。彼女を初めて遠く感じた。彼女がその頼りない帆かけ舟に乗って、どんどんとボクの知らないこの星の僻地に行ってしまうように感じた。インドなんかよりもっと、取り返しのつかない場所へ。

東京の夜空に星は数えられるほどしか瞬いていなかった。「はじめて日本人が南極を目指した時の話って知ってる？」先週行った恵比寿の居酒屋で、スーはキンキンに冷えたレモンサワーを美味しそうに飲みながら、ボクらに聞いてきた。「ヒィッ、なんすかそれ、感動系っすかぁ？　ヒィッ」途中から合流した関口はすでに泥酔して、しゃっくりが止まらない。「誰から聞いたか忘れちゃったんだけど」スーもまた泥酔手前だった。「なになになに？」ボクは炭酸の効いたハイボールをグビグビッとやった。

「氷を割りながら男たちを乗せた船は進んでいくのです」

スーは居酒屋の箸置きを船に見立てて突然語り始める。

「南極を目指した乗組員につかの間の休息が訪れます。そこへひとりの乗組員の奥さんから愛のメールが届くわけよ」「メールっていうか電報？」ボクは助け舟を出す。「そうそう！　それ。長く送れば送るだけお金がかかるってやつ。それで奥さんは短く、３文字だけ送ったわけ。３文字。あたし、その話が一番ロマンチックで好きなの」

そう言うとスーは、おしぼりを目に当ててテーブルに突っ伏し、動かなくなった。「おーい。３文字、なんて送られてきたんだー」あたまをぐりぐりやったが返答はない。

その先の話をスーはその夜、教えてくれなかった。いや正確にいうと答えられなかった。いびきをかいてテーブルで寝始めて、ほっぺたをブルドッグみたいにしてもまったく起きなかったのだ。「ウー」と言って手をはらうだけだった。関口は畳の座敷に大の字でのびていた。大将が、関口を指さして「いいよ、こいつ置いて帰って。冷凍庫入れとくわ」と言った。ボクは呂律のまわらないスーのテキトーな指示を必死に聞きながら、タクシーでマンションの入り口まで運んだのだ。


緑色が所々腐食して剝げてしまったフェンスに同化して、魂の抜け殻のようになったボクの携帯がふいに鳴った。時計をみると90分と少し経っていた。時刻は午前2時くらいだったと思う。

「どこ?」携帯電話ごしのスーはいつになく暗く、怪訝な声で言う。「駐車場のフェンスだけど」ボクがそういうと「好きっ!」と、電話口で突然大声をあげた。「なんだよ!」「なんでも!」すぐに外階段をすごい音をたてながら降りてきた。駆け寄ってきたスーに「あのさ」と一言かけるやいなやジャンプして抱きつかれる。

「なになに、どうした」「うれしい」すごい力で抱きしめてくる。スーのあんなにはしゃいでいる姿を見たのは、最初で最後だった。

「先に落ちた方がゴハンおごりね」スーはマンション中に聞こえるぐらい大きい声で叫んで、しなるフェンスによじ登った。両手を広げて綱渡りの曲芸師のようにグラグラと揺れながら言う。

「ねぇ、世界遺産何個言える？」「世界遺産？　えっとね、まずあれだ……マチュピチュ」ボクもグラグラしながら答える。「万里の長城」「アンコールワット」「えっと」どこにも行けないふたりの声が、世界を旅して廻る。その時のボクたちに出来たのは、何も問題なんてないフリをして、ありふれた駐車場のフェンスの上ではしゃぐことぐらいだった。少しの間だけ、地面の上に憂鬱な荷物をおいて。


ある夜、マンションに向かう道すがら、スーは自分の仕事の話に触れた。「やっぱりさ、いつまでもね、若いわけじゃないじゃん」スーはコンビニで缶チューハイとコンタクトレンズの保存液を買っているボクに話しかけてきた。「うん」「ずっとはできないし、リスクあるからちゃんと終わりにはしたいわけ」スーはそう言いながらトッポを買い物カゴに入れてくる。「生まれ変わるとしたらだれに生まれ変わりたい？」「だれかなあ。スーは？」ボクの問いには答えず、スーはこう続けた。「こういうと引くかもしれないけど。あたし、この毎日があんまりキライじゃないんだな」そう言うとボクの左手首を強くつかんだ。

〝ヘルス〟という文字や〝ソープランド〟というピンクやブルーのネオンチューブが

キラキラと輝く五反田の夜。部屋にはカーテンがなかった。スーは、わざとカーテンをしていなかった。外のネオンチューブが天井に反射して美しかったからだ。ボクはその卑猥なプラネタリウムのような部屋で、スーの客が置いていったＤＶＤや雑誌を見ながら、たわいもない話をするのが好きだった。

ボクたちは似ていた。好きな人がいて、その好きな人の強さに惹かれ、自分の弱さに耐えられず少しズルくなっていた。

「あなたは、私にとって遅すぎて」真夜中、スーはその日観た『機動戦士ガンダム』のセリフを真似て、いたずらっぽく「どう？」って顔をして首を傾げた。美しい光は次々と形を変え、強さを変え、色を変えて消えていく。ボクは床に座ったまま壁にもたれ、両目を閉じた。そのララァのセリフに、アムロは「ボクにとってあなたは突然すぎたんだ」と答えるのだ。

五反田の街が目を覚まそうとしている。天井に映しだされたネオンチューブの灯りが薄らいでいった。

ボクたちはみんな大人になれなかった

インドから戻った彼女と落ち合ったのは、クーラーがキンキンに効いた渋谷の外れにある喫茶室ルノアールだった。彼女は「はい、お土産」と言って、質があからさまに悪い、サイババの顔が掠(かす)れたシールセットをボクに差し出した。

ほぼ1ヵ月ぶりに見た彼女はこんがりと焼けて、とにかく饒舌(じょうぜつ)だった。ガンジス川での沐浴(もくよく)、鉄道の駅で列車の到着を待って過ごした一夜、群がる幼い子ども達が売る正体不明の甘いお菓子。今まで見たことがないくらい生き生きとした表情で、ボクにそれらの話を臨場感たっぷりに話してくる。

ボクも負けじと、彼女が不在だった1ヵ月の間にあった大事件について、堰（せき）を切ったように語り始めた。それは2週間前の夜中の出来事だった。かねてから値引きを強いられていた番組のプロデューサーが突然、「とりあえず今月からお前んとこ、4割引きマストね。じゃないと取引停止だから、請求書の再検討よろしく」と電話で関口に言い放って一方的に切ったのだ。電話を持ったままの関口が、完全にヤバいオーラを発しながら「今日、ロケであそこの事務所、午前2時にはカラになるはずだ」とポツリと言ったのがすべての始まりだった。

「まず関口が会社のバンを玄関に横付けしてさ、俺は俺で2日寝てなかったから完全に頭に血が上っててさ、小道具で使う予定だった木製バットを握ってたわけ」

ありがちな深夜ドラマのようなボクの話を、彼女は「ウンウン」なんて聞きながら空になったグラスの氷をコロコロとやっている。もっと彼女の気を引きたくて、ボクは熱を入れて急ぐように話を進めた。

「それでその事務所に着いたらさ、関口が俺が使おうと持ってきた木製バットを奪って、入口の自動ドアのガラスをいきなりガシャーンって！」

彼女はコロコロ回転させていた氷をピタリとストップさせた。

「いや確かに俺たちのやったことは悪いよ、でもさぁこのテレビ業界の底辺で搾取され続けるんだと思ったら、あの夜は止まらなくなっちゃってさ。関口も俺も社長のはからいで奇跡的に弁償と軽い謹慎で済んだんだけどさ、つくづく嫌気がさしたよ」

「なんか思うんだけどさ」彼女が突然口を開いた。

「きっと男の子が全員、男になれるわけじゃないんだよ」

ボクの話に何の感想もなく彼女が話し始めたことに拍子抜けしながら「え、うん」と無難を装った。

彼女は何かをごまかすかのように「へへ」と笑った。

理由は分からない。だがその時、ボクは言いようのない焦りを感じた。ボクが凸で、君が凹。そんな単純なパズルは世の中にはない。ボクが△で、君は☆だったりする。カチッと合わないそのイビツさを笑うことができていたら、ボクたちは今も一緒にいられたのかもしれない。

だけどあの時のボクは、そんなことに気付きもしなかった。思わず、余裕のない男の断末魔のような言葉を口にしていた。

「ねえ、ずっと一緒にいようよ」

彼女は困ったように、もう何も入っていないグラスに口をつけてから言った。

「ずっとって、どういうこと？」

あまり嚙み合わない会話を切り上げて、ボクたちは神泉に近いあのラブホテルに向かった。部屋に入り何となくテレビをつけると、情報番組で芸能レポーターがフリップを使って、どうでもいいゴシップを丁寧に報告していた。彼女は「こういうの本当にくだらないよね」と言って笑った。本当にくだらなかった。ただボクはまったく笑えなかった。そのフリップを作ったのが、他でもないボクだったからだ。

自分の悩みも行動範囲も登場人物も、恥ずかしいくらいにちっぽけに感じた。彼女に悪気がないのはよく分かっていたけれど。ただ彼女に「いつまでそんな狭い世界で足踏みをして生きているの？」と遠回しに言われた気がした。ボクが心酔した彼女の自由さが、いつしかボクを追い詰めていた。

*

中目黒の朝は、自分の居場所を確保するために皆が少しずつ殺気立ってみえる。階段付近に溜まっていた若者たちをかき分け、なんとか正面改札を出て関口の姿を探す。周りを見渡してもそれらしき男はいない。信号の向こう側にある立ち食いそば屋に目をやる。目の前に一台の黒いワゴン車が止まっていた。運転手の顔を見て、ウチの社用車だということが分かった。スマホで関口に電話をかけると、ワゴン車の後部座席の窓がゆっくりと下がった。「忙しいところ、悪いね」電話口から関口の声が聞こえた。ワゴン車の中から火の付いたタバコが高々と掲げられるのが見えた。

君が旅に出るいくつかの理由

中目黒の改札口は雨の匂いがした。信号を渡りワゴン車に乗り込むと、中はタバコの煙が充満している。ラジオＤＪが、英語なまりの低いバリトンボイスで恋を語っていた。

「恋愛とは、から騒ぎだ。つまり中心には何もない。どんなにお手軽な恋愛だろうが、どんなに運命的な恋愛だろうが、それは、すべてから騒ぎだ。つまり答えはひとつ

〝勝手にしやがれ〟。そしてすべての音楽は、そのBGMとして寄り添っていくでしょう。曲はUAで『数え足りない夜の足音』

カーラジオから流れ始めた歌声が車内を満たして、窓から見える風景を少しだけ変えていく。

この車でタバコを吸うなとあれほど言っておいたのに、すでに匂いの痕跡（こんせき）が座席シートにびっしりとこびりついている。

「傷跡が軋（きし）むんだ」ボクは左手の甲を見せる。

「なら今日は一日雨だね」

「お前さ、なんでまだ社用車使ってるんだよ」そう言って小突くと「最後のわがまま、許してよ」と関口は肩を組んできた。

「うっとうしいっての」

「昨日さ、武蔵小杉（むさしこすぎ）で人身事故があってさ」と関口は話をすり替えた。

「なんでまた、昨日みたいな快晴の日に死ぬかね」

窓の外を通り過ぎる髪の長いOLをチェックしながらそうつぶやいて、ボクはシートを倒した。

「いや清々（すがすが）しい朝だったから死のうって思ったんじゃないかな。43歳のサラリーマンだってツイッターに詳しく出てたよ。会社名までね」

「同い年か」

「昨日、死んだ43歳もいれば、仕事を辞めた43歳もいるわけだ」

「お前さぁ」

「まぁまぁ。人生の本当に大切な選択の時、俺たちに自由はないんだよ」

「なんだよ、それ」

「七瀬の言葉だよ。つまりは、勝手にしやがれだ」関口は新しいタバコに火をつける。

雨が突然、サーッと降ってきた。慌てたサラリーマンが鞄を頭上に抱えて駅に逃げ込んでくる。ボクは開いていた窓を閉めた。

*

テレビ番組は3ヵ月に1度、改編期がある。その番組が終わるか継続するか、毎回ふるいにかけられる。ボクら末端に、新宿に行く理由だった朝のワイドショーの打ち切りが伝えられたのは、世間が知るタイミングとほぼ一緒だった。七瀬にちゃんと挨拶をする暇もなく、今度はお台場で月曜から金曜の昼の情報番組の帯を担当することになった。平日はお台場からほぼ出られない生活がバタバタと始まった。あんなに頻繁に通っていたゴールデン街へ、ピタリと行かなくなってしまった。

ある時、ワイドショーの企画で、半年ぶりに新宿ゴールデン街の近くを通りかかった。関口とボクはどちらからともなく『ＢＡＲレイニー』を目指した。

店の軒先までいくと、入り口に施錠がされている。セロハンテープで雑に四方を貼り付けられた紙に「長い間、ありがとうございました」とだけ書かれていた。

最後に七瀬を見かけたのは、新宿歌舞伎町の風林会館の近くだった。その時は女装をしていなかったけれど、右足を引きずるように歩く後ろ姿ですぐにわかった。派手なピンクのアロハシャツにやけに短い短パン、両手にスーパーマーケットで買い物をしたビニール袋を持った七瀬は、歩道を占領しているホスト風の若者たちを怒鳴りつけて道を開けさせていた。その時の七瀬はまるで別人に見えて、声をかけることができなかった。

聞けば、『ＢＡＲレイニー』は３ヵ月ほど前にあっさりと閉まり、七瀬は借金から逃げるように東京を出て行ったという。

「この時代に生まれたいなんて、だれも頼んでないだろ？　自分で決められることなんて、今夜の酒の種類ぐらいなもんだ」七瀬はアルコールが回るとこんな調子で、よく世を儚(はかな)んでみせた。カウンターで誰かが悩んでいると、それに一言付け加える。

「人生の本当に大切な選択の時、俺たちに自由はないんだよ。ケセラセラよ」


それから、ボクは3度引越しをした。それは2度目の引越し先、麻布十番で荷ほどきもそこそこに、ソファの上でタオルケットに包(くる)まって寝ていた昼過ぎの出来事だった。その日、休みだったボクの携帯が何度も鳴り続けた。二日酔いで胸焼けと酷(ひど)い頭痛がしていた。しばらく無視を決め込んでいたけれど、携帯はまったく鳴り止(や)む気配がない。目をつむりながら音のする方を手でまさぐった。

「はい」やっとの思いで出ると、ゼエゼエとした声の男が矢継ぎ早に話し始めた。

「いま、テレビ見てる?」

「え、いや見てないすけど」

「アキバアキバ、秋葉原」

「どちら様ですか?」

寝ぼけまなこのまま、リモコンでテレビをつける。テレビは、どの局も秋葉原からの生中継だ。電話口の男のしゃべりが早口すぎて最初、内容が聞きとれなかった。

「ワタシ、ワタシ、七瀬」「七瀬? ど、どうしたの?」「工場の同期が秋葉原でやりやがってさ」「え?」

　2008年6月8日だった。七瀬は興奮していた。「ワタシもさ、あんな工場やめてやるわって思ってたわけよ。たださぁ、また色々トラブッちゃってさぁ、ねえ聞いてる?」テレビでは信じられないくらいの惨状が現場から中継されていた。野次馬と警察官と報道陣でごった返す様子が延々と映し出されている。ボクは耳元に携帯を当てたまま、すっかり眠気も吹き飛んで、その光景を見ていた。

「それにしてもさぁ、ゴールデン街のみんな、元気かな? まだ、奥椿のマスター怒ってると思う? ハチドリの虹子には一度、電話したんだけどさぁー」

　ボクはただずっと画面の向こう側の惨状を見ていた。

「あんたさ、まだ働いてるんでしょ? あのテレビの仕事してるんでしょ? お金貸してくんない? ね、ね、一回だけ」そして最後に「また飲みたいよねぇ、飲もうねぇ」と言って電話は切れた。

＊

　中目黒の雨は一向に収まる気配はない。昨日テレビで見たボクシングのタイトル戦のニュースがカーラジオから流れている。チャンピオンが3度目の防衛を果たしたというニュースだった。彼の幸運はあと何回続くだろう。挑戦者にはフィアンセがいて、負けたあとに花道で抱き合ったという話をアナウンサーが短く差し込んだ。生きていると言葉なんかじゃ救われない事ばかりだ。ただその時に寄り添ってくれる人がひとりいれば、言葉なんておしまいでいい。

車内に突然、強い雨と風の音が吹きこんだ。

関口にブラックコーヒーを頼まれた運転手が、申し訳なさそうな顔で車に乗り込んでくる。

「すみません、ブラックなくて。カフェオレなんですけど」

関口は運転手からホットのカフェオレを受け取って、ボクにそのうちの一つを放った。

「望み通りのものじゃなくても、美味(うま)いと言えるのが大人ってやつよ」なんて運転手に言っている。ボクがまだ社会の数にカウントされていなかった時代を知る、残された最後のひとりが今日この街を去る。関口がどこか清々(せいせい)しているように映った。きっと明日からの無職の不安もあるだろう。ただ、重い荷物を下ろした人間独特の清々(すがすが)しさがそこにはあった。不安のためにボクはこれからも時間を売る。関口は不安を買って旅に出ることにしたんだ。

この20年とちょっとの間に数えきれないほどの人間が会社から去っていった。彼らを見返したいとずっとどこかで思っていた。そのうちあんなに逃げ出したいと思っていたボクの重心は、いつしかこの街に定まっていた。ささやかで頼りないけれど、いま自分が立っているこの場所に。ボクの物語の1ページ目は、東北に向かった新幹線で彼女がポツリと言ったあの言葉から始まっていたんだ。

「どこに行くかじゃなくて、誰と行くかなんだよ」

カーラジオをガチャガチャと運転手がいじっている。ロックとバラードとDJの音がシャッフルされていく。チャンネルは定まらない。雨が一層強くなってワゴン車のルーフを不規則な音を立てて叩(たた)き続けていた。

やつらの足音のバラード

「朝だよ」あの日、スーはとても優しい笑顔でボクを起こしてくれた。初めてスーの部屋で朝まで眠ってしまった。シャワーのような雨の音が窓の方から聴こえる。時計はありえない時間を指していた。関口に遅刻をする詫びのメールを打ち込んで、身支度を急いだ。スーは、体育座りをしたままコトリと倒れて、ベッドで丸くなった。寝ぼけまなこのまま、ジェルを前髪に雑に塗って、ぼんやりしているスーに声をかける。

「んじゃ、行くね」

「うん」スーの大きな瞳(ひとみ)の視線の先にボクは映っていなかった。心ここにあらずという感じだ。しばらく押し黙ったままだったスーがいつものようにボクを呼ぶ。

「あなた」

「ん？　どうした？」

「忘れ物」

「忘れ物？　は、ないと思うよ」

「だね」スーはそう言うと笑顔を作って見せた。

「行ってきます」

「うん」扉が閉まりきる直前、スーはベッドの上で背中を向け、丸くなったまま片手を挙げて、手を振っていた。ボクは少し呆(あき)れながら遅刻を挽回(ばんかい)しようと非常階段に急いだ。


次の日の早朝、佐内の自宅と所有物件に国税局査察部の家宅捜索が入った模様が、各局のニュースで流れた。クラブ『ＲＥＱＵＩＥＭ』はもちろん、複数いた愛人宅にも多くの査察官が入り、それを知ったマスコミが押し寄せた。スーの五反田のマンシヨンは何日も前から張られていたらしく、あっという間に人だかりができ、激しくフラッシュがたかれていた。ボクはそれをテレビ局のスタッフルームで見ていた。佐内の自宅や『ＲＥＱＵＩＥＭ』のＶＩＰルームが、資料映像として映し出されている。その部屋の全面鏡の壁の奥に隠し部屋があるというどうでもいい事実をレポーターが神妙な顔で伝えていた。局のお偉いさんが集まって、その報道を見ながら「俺だったら自殺するね。もう一生分楽しんだでしょ」なんて雑談をしていた。

愛人たちの何人かは佐内からの性的暴力を週刊誌で暴露し始めた。六本木のＶＩＰルームで佐内とヤレると笑顔で即答していた女が、被害者の代表として連日泣きながらテレビのワイドショーに出て、引っ張りだこになっているのには失笑してしまった。ボクは何度かメールを送ってみた。私用のＰＨＳ、スーが仕事で使っていた電話にもしつこくかけた。でもそれっきりだった。スーのこの世界での痕跡は何もなかった。

一度だけ、もぬけの殻になった五反田のマンションを訪ねたことがある。それは一斉家宅捜索の数日後。あれほどいた報道陣の群れはほとんど姿を消していた。ボクはマンション横の駐車場のフェンスにもたれかかって、スーの部屋をしばらく見上げていた。外のネオンの灯りがカーテンのない部屋にさし込んでいるのが確認できた。借りっぱなしになってしまったＭＤを再生しようとしたけれど、プレーヤーの電池が切れていて音はもう流れなかった。

現在、『ＲＥＱＵＩＥＭ』の跡地には、立派な商業施設が建っている。五反田のマンションは取り壊されて、５階建てのオフィスビルが２棟建った。隣の駐車場にも分譲住宅が建ち、街もどんどん姿を変えていった。

世間はその後も、ドジを踏んだ芸能人や政治家、嘘をついた企業、ズルがバレた著名人を吊るし上げては、問題は散らかしたまま、また次のターゲットに移るということを繰り返している。その生け贄が日々変わっていく中で、佐内の疑惑もスーもあの女たちもいつしかみんな忘れられていくだろう。

*

運転手がＦＭラジオのボリュームを少しだけ上げる。

「消えた1億円、あれ本当にスーかな？」関口はスマホをいじりながらボクにまた唐突な話題をふってきた。まるで自分が去るこの街の総括をするみたいに。

「1億円?」その話にはまったく覚えがなかった。

「知らない?　佐内事務所の金庫から消えた1億円の謎」関口は楽しそうにグーグルで「佐内　1億円　愛人」で検索してヒットしたページをボクに見せてくれた。

「お前の口座に少しは送られてこなかったの?」そう言うと関口は、ケラケラ笑った。

「まったく音沙汰なし」

「あの子もその辺、惚れ惚れするほど商売女だよな」関口は性懲りもなく最後の１本になったタバコを取り出している。


ラジオＤＪは、現在のコミュニケーションの安直さを憂えてみせていた。

「昔、私たちの先人は、限られた文字数で遠くの愛する人にメッセージを送ったのです。たった3文字の言葉で」

ちらりと関口を見た。大切そうにタバコの火を付けようとしているところだった。

ＤＪは早口のバリトンボイスで続ける。

「１９５７年、日本初の南極観測隊が南極に近づいていました。当時、電報は高級なものでした。そこで南極に向かう夫に向かって、妻は短い電報を送りました。う〜ん、ロマンチックですね」

あの時の少し酔い過ぎて顔を赤らめたスーの表情が頭をよぎり、玄関の扉が閉まる寸前の、背を向けたまま手を振る姿が浮かんだ。

「そして、その妻はたった3文字の電報に愛のすべてを託したのです。そう、たった3文字で愛を伝えたのです。『ア　ナ　タ』と」

関口は、器用にタバコの煙をほんの少しだけ開けた窓の隙間(すきま)から吐き出している。

あの朝、スーが伝えたかった意味を、ボクは時差を持ってカーラジオ越しに受け取った。儚いプラネタリウムのような天井を眺めていたボクが、ワゴン車のバックミラーに映った。スーは、もう二度とボクに会うつもりはなかったんだ。本当はとっくに分かっていた現実を、初めてボクは飲み込んだ。

「あのさ、スーって本名はなんていうの？」

「スー」

「だから、本名」

「スーだって」

「そんな人間いるかよ」

「ここにいるわよ」たしかにあの時、彼女はそこにいたんだ。

「関口、おまえさ、生まれ変わるとしたらだれに生まれ変わりたい？」

「やだよ、死にたくねーもん」

「真面目(まじめ)に答えろよ」

「そうだなぁ、ジャスティン・ビーバーになってキャバクラ通い」

運転手が、我慢しきれずに「プッ」と吹き出し、クラクションが短く鳴った。

永遠も半ばを過ぎて

　1999年、恐怖の大王が来るはずだった7の月も半ばを過ぎた湿度の高い夜。嵐(あらし)の日だった。関東地方には洪水警報が出ていた。渋谷でもかなりの雨量だったはずだ。密閉されたラブホテルのベッドで眠っていたボクにも、雨と風の音がはっきりと聴こえた。滅亡してもしなくても地球にいるしかないボクたちは、変わらない日常に戻っていくしかなかった。いつものように暗闇(くらやみ)の中で、一週間の出来事を話す。それは彼女とここに来た4年前のあの日から、ずっと続いてきた儀式だ。3階の鋭い目をしたヤクザの青年、金髪坊主(ぼうず)の同僚、クライアントから突きつけられた不条理。あの部屋の中で、一つ一つの出来事が成仏(じょうぶつ)していった気がする。そしてその日も夏の荒れた天気の、普通の1日のはずだった。だけど、この日が彼女とあのラブホテルで過ごした最後の1日になった。

ゴワゴワとした薄いタオルケットに包(くる)まって眠りに落ちたあと、明け方にまどろむように一度目を覚ました。彼女の寝息が聞こえていた。うつらうつらとした意識の中で、脳みその中にある記憶のカセットテープのスイッチが、ガッチャンと音をたてた。

ボクの祖母は静岡市静岡駅の北口で、国鉄職員相手の立ち飲み屋をやっていた。10人入れば満杯の店で、割烹着(かっぽうぎ)を着た祖母は午後6時から午前1時まで月曜日以外、立ちっぱなしで働いていた。ボクはカウンターの内側、祖母の足元で、目の前が霞(かす)むほどのタバコのけむりと酔っ払いたちの会話に囲まれ、祖母の威勢のいい歌を聴きながら育った。午後4時に祖母は店に入り、日替わり弁当を作る。近くの飲み屋、ストリップ劇場、風俗店への出前のためだ。ボクは小学校から戻ると、ラップでフタがされ、それぞれ届け先のメモ書きが置かれた弁当たちを配達順に並べた。そして、それらを岡持ちに入れて行ったり来たりしながら配達して回った。

まだ夜の帳(とばり)が下りる前の歓楽街の店を十数軒、弁当を届けて回る。『スナック夜汽車』のマスターは口数が少なかったけれど、たまに五百円札をボクの半ズボンのポケットにねじ込んでくれた。ストリップ劇場のお姉さんたちは、みんないつも忙しそうだった。ホコリっぽい楽屋の強烈な香水の匂いが、今でも鼻の奥に染(し)み付いている。

「チビ、こっちきな」手招きされて、ひとりのお姉さんのところに行くと後ろを向かされた。その日は急いでいてランドセルを背負ったまま配達をしていたのだ。ベロンとランドセルをめくられ、お姉さんは中から教科書を出すと、くわえタバコをしながらペラペラとめくった。

「ん?」と声が聞こえた。教科書がビリビリに破られていたのが見つかってしまったと思って、ボクは振り向けないでいた。その頃、ボクは酷いいじめにあっていた。小学2年くらいから原因不明の脱毛症を患(わずら)っていて、髪の毛はもちろんまゆ毛からまつ毛まで全部抜けていたせいだ。クラス中どころか学校中から気持ち悪がられていた。いじめられていることが母親にバレるのが申し訳なくて、誰にも言えなかった。いつもどこかその申し訳なさの中に、ずっと閉じ込められているような気がしていた。学校に居場所もなかったボクにとって、祖母から任された歓楽街を回る配達は、あの頃の生きがいだったのだ。そこで出会う一期一会（いちごいちえ）の大人たちが、ボクにとっての口きかぬ友達だった。くわえタバコをしているお姉さんが、教科書を全部ランドセルに戻したのを背中で感じた。

「あんた、まだ何軒も回るの？」「……はい」恐る恐るボクは答えた。「じゃランドセル置いてきな、後で勉強教えてあげるから。帰りに寄りな、私にもあんたと同い年ぐらいの子供いるんだよ〜、見えないだろ？」そう言うとピンクのガウンの前を外して、おっぱいを見せてくれた。

ボクは動揺しながらランドセルをお姉さんに預けて、配達に戻った。サウナ店に最後の弁当を届けると、恐る恐るあのストリップ劇場に向かった。楽屋を覗（のぞ）くとさっきのお姉さんの姿はない。

ボクが届けた弁当のプラスチックの入れ物はキレイに洗われて、入り口近くにまとめられていた。所々擦り切れた畳の奥の鏡台の前にランドセルが置かれていた。クツを脱がずに四（よ）つん這（ば）いで畳の上を進み、やっとランドセルに手がかかった瞬間、大柄で太った毛むくじゃらのオーナーに見つかってしまった。

「おう坊主、見てくか？」「だいじょうぶです」「まぁいいからいいから」

両脇を抱え上げられ、劇場の袖に連れて行かれる。ピンクというより、桃色のライトの輝きは今思い出しても現実感のない世界だった。まばらな観客たちのタバコの煙と心ばかりのスモークで、舞台は霞がかって白日夢のように見えた。サンポールの消毒臭が鼻を麻痺させる。テレサ・テンの『つぐない』が割れた音でフロアに広がっていった。舞台を見ると、あのお姉さんが踊っている最中だった。オーナーがボクを後ろから押さえて「おう、こっからまだまだいくゾォ」というと、まな板ショーが始まった。それは観ている客からひとり選んで、舞台で本番をするという見世物だった。10人ちょっとの観客の中から相当な年齢のお爺さんが手を挙げ、舞台に上げられる。ライトが舞台の真ん中に集中し、お姉さんに導かれて、セックスが始まっていく。さっきかかった『つぐない』がもう一度あたまからかかり始めた。ボクが生まれて初めて見たセックスは、あのお姉さんと知らないお爺さんのものだった。オーナーは面白半分に「ナオミさん、すげえ迫力だろ？　なぁ？」と、ヤニ臭い口で耳打ちをしてきたけれど、ボクはただ呆然としていた。そのあと歓楽街の薄暗い裏道を全速力で帰ったことを、かすかに覚えている。

次の日、学校に行くといつものように机は裏返しにされていた。いつものようにボクはその机を戻し、椅子に座る。ランドセルを開け、教科書を開くとビリビリに破れていたはずのページが、セロハンテープで丁寧に貼られている。ボクは驚いて、他の教科書も出してみる。どの教科書も1ページごとに丁寧に、セロハンテープでとめられている。どのページも、どのページも。後ろの座席の男子がひっくり返る勢いで、ボクは突然立ち上がり、教科書を持ったまま立ち尽くした。クラスの生徒たちは少し遠巻きにしてボクの行動を見ていたと思う。

担任が教室に入ってくるちょうどその時に、ボクは教科書を全部、ランドセルに入れてクラスを飛び出した。あのストリップ劇場まで、走ることをやめなかった。関係者口から入って、楽屋の暖簾をくぐると、毛むくじゃらの太ったあのオーナーがいびきをかいて寝ていた。ボクは揺り起こして、あのお姉さんの居場所を尋ねる。「ナオミさんか？　あのね、大人はみーんな忙しいの。もう次の町いっちゃったよ、商売繁盛！　繁盛！」と言うやいなや大きなあくびとおならを一緒にした。その時、直感的に、もう二度とあの人には、お礼が言えないんだと子どもながらに悟った。彼女の使っていた鏡台を見た瞬間、感情が追いつかないくらいただ涙が次々にこぼれた。オーナーは、ボクの顔をまじまじと覗き込んだあと、椅子に腰を下ろし、セブンスターの濃い煙を悪気なくボクに浴びせかけ、ボクの肩をガッと鷲摑みにすると、もう一度大きなおならをした。

つまらないことをやけに鮮明に覚えている。肝心のナオミさんの顔は薄ぼんやりとしていて、輪郭さえ定まらないというのに。霊感はない。ただこれを思い出すとボクは別れを感じてしまう癖があった。その予感から逃れたくて、もう一度眠りに落ちていった。まどろむ意識の中で、誰かが頬をさわる。隣で眠っていたはずの彼女が、手を伸ばして指で涙をぬぐってくれているのが分かった。

ザザザッという雨が激しく吹きかかる音に、ボクはハッと目を開ける。

「大丈夫?」ボクの頬をさわっていた彼女の手を握る。読みかけの文庫本が枕元(まくらもと)に開いて置かれていた。

「なに読んでたの?」ボクは彼女に尋ねた。

「中島らもの『永遠(とわ)も半ばを過ぎて』」彼女はそう言うと文庫本を枕の下に隠した。

「主人公は電算写植機で来る日も来る日も、他人の原稿を打ち込む仕事をしてるの。キミみたいでしょ?」そう言って仰向(あおむ)けに寝ていたボクの胸に耳をあてる。「心臓の音が聴こえる」彼女はしばらく動かなかった。

「彼は何年もずっとひとりで写植を打ち込むの。自分の意思とは関係ない文字をただ打ち込んでいくの」

それはテレビ局から送られてくる原稿を、ひたすらマッキントッシュに打ち込んでいくボクの日常と恐ろしく被るストーリーだった。

「ある時、クスリがキマった状態で、主人公は電算写植機に向かうの。朝になって気づくと、小説が一冊書きあがっていたって話」「無意識で書いた小説？」眠気を抑えながらボクは聞いた。

「彼の身体の隅々には、打ち込んできた他人の文字たちが成仏せずに残っていたのよ」

「言葉の幽霊みたいだね」天井に向かってそう言うと、彼女はボクの胸に耳をくっつけたまま話し続ける。

「キミの身体にもたくさんの成仏していない言葉がつまっているんだよ、きっと」

「俺には何もないよ」ボクのことを一番信じていなかったのは、ボクだったのかもしれない。ボクの鼓動と雨音と彼女の呼吸が重なる。「大丈夫」と彼女が言った。

「キミは大丈夫だよ、おもしろいもん」

彼女がボクを抱きしめているのか、ボクが彼女を抱きしめているのか分からないくらい、体をぴったりとくっつけた。ビル風が吹き、部屋全体が揺れるような感覚に襲われる。

「世界が終わりそうな天気だね」

そう言うと彼女はゆっくりと起き上がり、今まで一度も開けたことのなかった部屋の窓に手をかけた。勢いよくガラリと開ける。そこからは何も見えなかった。

「どこにもつながってなかったんだね」

彼女は窓の外壁に打ちつけられたベニヤ板を触りながら「へへ」と笑った。

本当のさよならの時、人はさよならとは言わない。

そんな時、ボクたちは太字で書き出すような名言も言わない。「いいね！」をつけられるような立派なエピソードも作れない。そこにはただ、どこにもつながっていない、おしまいがあるだけだ。ボクたちに答えはなかった。彼女はボクにただ問いだけを残して、いなくなった。

ずっとって、どういうこと？　なんで遠くに行きたいの？　好きな人ってなに？

その問いたちはボクの中で成仏せず、幽霊のように今の今までつきまとっていたんだ。そして彼女は言う。

「ねえ、雨がやんだらさ、リップクリームを買いに行きたいな」

　加速して増殖する仕事量、お金の話もどんどん桁が増えていく。出会う人数も知り合いも多い方が強みだと賞賛され、女の話になると「可愛いの？　若いの？　仕事なにしてるの？　巨乳？」と聞き返される。彼女の魅力をボクはいつも説明できなかった。説明なんてする必要ないんだろうけど、どう話したとしても「ブスのフリーター」にいつもショートカットされるのが悔しかった。そのうちボクは誰にも彼女のことを話さなくなった。彼女から教わった音楽を今でも聴いている。彼女から勧められた作家の新刊は、今でも必ず読んでいる。港区六本木にいながら暑い国のことを考えるのは、インドが好きで仲屋むげん堂で働いていた彼女の影響だ。彼女はボクにとって、友達以上彼女以上の関係、唯一自分よりも好きになった、信仰に近い存在だった。ボクが一番影響を受けた人は、戦国武将でも芸能人でもアーティストでもなく、中肉中背で三白眼でアトピーのある愛しいブスだった。

必ず朝が夜になるように

ラッシュのピークを脱した中目黒駅はそれでも多くの人が行き交っている。隣接する立ち食いそば屋も、今日一度目の混雑を迎えていた。

関口がちらりと時計を見てから、独り言のようにつぶやいた。

「人かき分けてさ、でしゃばって、生き残ってきたと思わない?」

「あぁ」

「自滅する人間のほうが、俺はどっか尊いと思ったよ」

様々な人間がグラデーションをつくって、目の前の横断歩道をはみ出さないように渡っている。次の選挙の立候補者が朝の演説に備えて拡声器を準備していた。駅に向かう流れに逆行しながらゆっくり歩く老人が、横断歩道の途中で振り返ってから立ち止まり、空を見上げている。


休むことをＬＩＮＥで送ったアシスタントから〝いつもの喫茶店の店主に資料を預かってもらっているんで明日確認だけお願いしますよ！〟というメッセージが届いていた。20年来お世話になっている六本木の喫茶店は、ほとんど会議室のようにみんなが使っていた。〝後でピックアップするわ〟と返信を送る。

雨がおさまっていた。風もやんでいた。どうやらタイムリミットだった。


始まってしまったボクたちは、いつか終わる運命にある。必ず夜が朝になるように、必ず朝は夜になる。ただその必ずが今日なのか、明日なのか、20年先なのか、それは誰にも分からない。

ＦＭラジオから、知らない国の知らないミュージシャンの聴いたことのないバラードが流れていた。中目黒を行き交う車と人々が織りなす喧騒が、それに気持ちよく混ざりあう。

「じゃ、また」しんみりしないようにつとめて軽く言ったのに、「あんなにたくさんの人間と会ってきたのに、誰とも一緒にいることができなかったなあ」大きく煙を吐いた後に、関口が空気を全然読まないロマンチックな口調で話し始めた。

「あのさ、知ってる？　国会図書館には日本の出版物が全部あるんだ。文芸誌から漫画にポルノ雑誌まで全部」「お前、本なんて読まねえだろ」ボクのツッコミをスルーして関口は続ける。「俺たちがあと50年生きるとして、1日に1冊ずつ読んだところで読み切れない量の出版物がすでにもう保管されてるんだ。そして一方では世界の人口は70億を超えて今日も増え続けてる。俺たちがあと50年生きるとして、人類ひとりひとりに挨拶する時間も残ってない。今日会えたことは奇跡だと思わない？」

そうだ、関口がこういう奴だったから、ボクは今日まで同じ場所に居続けることができたんだ。

「生きてろよ」

そう笑った関口がスライドドアを開け、一歩外に踏み出しながら言う。

「お前はこのままでもいいよ。でもお前が失敗したら俺の酒がもっと旨くなる。だから、挑戦しろよ」

カーラジオからＡＫＢ48の最新曲が陽気に流れていた。ひんやりとした風が車内に吹き込んでくる。

「迎えにきてやるよ。死ぬほどいいぞぉ、タイランド」

関口はこちらを振り返り、ダブルピースを作って見せた。そしてボクを指さしながらドアを勢いよく閉める。

関口は踵を返し、そのまま一直線に信号を渡っていく。横断歩道はたくさんの人たちが交錯していた。関口はもう振り返ることなく人混みの中に飲まれていき、ほどなくして消えていった。

「どうします？」運転手がボクに声をかけてくる。スマホの電源が切れていた。「あの喫茶店で原稿ピックアップするから、電車で行くわ」ボクもスライドドアを勢いよく開けて、まっすぐに改札口へと向かった。

バック・トゥ・ザ・ノーフューチャー

西麻布交差点の手前の住宅街に蔦（つた）が絡（から）まりまくった外壁に守られて、その喫茶店はある。貧血気味のボクでも飲みやすいコーヒーを出してくれるので、すっかり打ち合せをする時の定番の場所になっている。カラコロンとドアを開けて、とりあえずブレンドを注文する。「はい、これ預かってた例の資料」と店主が声をかけてきた。「あ、すんません」と頭を下げて受け取ると封筒から中身を出してペラペラっと確認した。

明日の昼までにはどうにか間に合いそうだということが分かった。

出てきたコーヒーに砂糖を入れすぎてしまう。勝手に電源に繋いだスマホが、復活した音を鳴らす。甘ったるいコーヒーを一口飲んで、フェイスブックを開く。

彼女への友達リクエストが承認されたという通知が表示された。スマホを持つ左手がじわりと汗ばむ。

目の端に、店主がレコードプレーヤーに針を落とすのが見える。ジッポの小気味いい金属音がして、カウンターの隅に座った細身のスーツの男が、タバコに火をつける。店内に音が広がり、タバコの煙がこの部屋の隅々まで行き渡る。この甘い匂いは、きっと国産じゃない。カラコロンとまたドアが開き、ランドセルをしょった店主の子が飛び込んでくる。細身の男性は大きく吸い込んだ煙を、口をすぼめて気持ちよさそうに吐き出す。鼓動がドクドクと聞こえる。この胸の痛みは、懐かしい。店主の子が、ボクを見つけて満面の笑みを浮かべた。スマホに視線を戻す。彼女からそれ以外の反応はない。砂糖たっぷりのコーヒーを一気に飲み干す。「男は過去の自分に用がある、女は未来の自分に忙しい」そんな主語のばかデカいつぶやきをツイッターに書き込みたくなっていた。おしぼりで手をふくと、一旦フェイスブックを閉じる。

女優になりたいと言っていた女の子から、ＬＩＮＥがまたきていた。夕暮れどきの写真が1枚、メッセージはなしという内容だった。何気ない、ただの空と街の写真だった。送られてきた橙色(だいだいいろ)の雲を既読にした瞬間、ＬＩＮＥ電話が鳴った。「もしもし」「もしもし、わかる？」電話越しに駅の雑踏の音が聞こえてくる。「わかるよ」「わたしもね、わたしなりにね、考えたんだ。わたしの〝ナポリタン〟」「え？」「あのね、わたしもね、嘘ついちゃった。ごめんね」ボクは彼女の告白を黙って聞いていた。「わたしのお母さんは良い人じゃないけど、ひとりでわたしたち兄妹(きょうだい)を育ててくれて。わたしの年に、わたしを産んでくれたの」「うん」「わたしね、わたしはね、やっぱり女優さんになりたいんじゃない。わたしの夢はね、いいお母さんになりたい。つまらないかな？」「つまらないわけない」「ありがとう」彼女の声が、後ろに聞こえる電車の音にかき消されそうだった。「空の写真、ごめんね。いきなり送っちゃって。うまくなくて、ごめんね」「いや、ごめんじゃない」「あと、わたしね〝サイトウ チヒロ〟っていうんだよ。名前」彼女を二度と抱きしめる情熱がないことを、せめて悟られまいとボクは口をつぐんだ。「さよなら」どこかの駅構内のアナウンスが聞こえた。そしてすぐに、回線は切れた。

喫茶店の店主の子が、フロアを駆け回っている。少年は、顔見知りのボクの膝の上に乗ってきた。「なんで悲しいの？」はらぺこあおむしのシールをボクに貼り付けながら尋ねる。「悲しくないよ、考えごと」彼のほっぺにシールを返す。

誰かが自分の夢を語る言葉を、最近久しく聞いていなかった気がする。彼を膝に乗っけたまま、ボクはもう空になったコーヒーカップに口をつけた。その瞬間、彼女と初めて出会ったラフォーレ原宿の夜のワンシーンが、セキを切ったように溢れ出す。

あの日、ボクたちは次に会う約束をしたくて、でも恥ずかしくて、言葉がまとまるまで雑踏の中で、立ち往生をしていた。

おもむろに「じゃ、あの、わたしはこっちですんで」と言って彼女がドタバタしたムーンウォークのように後ずさりを始め、去っていこうとした。

「あー、じゃボクはこっちで」本当にこっちでいいんだっけ？　と思いながら、ボクも後ずさりを始めた。距離が少しずつ開いていく。

「あ、あの」彼女がもう一度口を開いた。

「ハイ！」声のボリュームを完全に間違えた大きさでボクは応えた。

「あの、将来何になりたいとか、ありますか？」

「将来……」

それはその日その時、彼女に聞かれるまで、ボクが全力で目を背けてきた言葉だった。

「わたしはあの……将来、ラフォーレのこのポスターをデザインするような人になりたいなって、今日思った」そう言って彼女は入り口に貼ってある大きなポスターを指さした。

「あ、ボクはあの、そうだな、これといってあの」ふいに原宿の交差点の、テレビの番宣が流れている巨大モニターが目に入った。

「ボクは、映像の仕事がしたい。みんなが見てくれるようなものを作りたい」そう言ってとっさに巨大モニターを指さした。

「それすごいすてきだと思う」

「今、考えた」そう言ってボクが笑うと、彼女が「わたしも今日考えたし」と言って笑った。

「1年後、どうなってるか話したいですね」

「2年後もどうなってるか話さないですか？」ボクは照れている場合じゃないと思っ

てそう告げる。

「じゃあ、3年後も」彼女はまた「へへ」と笑いながらそう言う。夜風が少し強くなってきていた。それからまた少しずつ離れていって、横断歩道のところで信号が変わると、彼女は腰ぐらいのところで小さく手を振ってくれた。ボクもあまり目立たないように小さく手を振って、少し歩いて振り返るとお互い目があっておじぎをした。

初めて会った日にボクたちは、傷口を見せ合って、付け焼き刃の夢を口にした。人生は不思議だ。ボクはその夢をそのあと真剣に追うことになるのだから。今思えば、その時の彼女にだけは嘘をつきたくなかったのかもしれない。


店主は、少年をボクの膝から回収しながら「コーヒーおかわりいる？」と聞いた。

「いいわ。行くね」500円玉をテーブルに置いて、カラコロンと店を出た。

歩きながらツイッターを開く。タイムラインを眺める。

「新宿のガードレールに座りながら空を見てる」というツイートが流れ、それを受けた徳島のコーヒーショップのオーナーが「今日の夜は流星群が見えるらしいですよ」とリプライを送っていた。埼玉で趣味がセックスの女の子が「流星群？　ググります」とつぶやいた。北海道の主婦はそのつぶやきに、「こっちは雨です。今日最悪で。

深呼吸」と返す。スマホを開いただけで会ったこともない人たちの生存確認ができる時代。知らない方がいいことも親指一つで知れてしまう時代にボクは生きている。

　ボヤいている人がいる。はしゃいでいる人、怒鳴っている人、甘えている人もいる。みんな広い世界を覗いて、片手に収まる窓を開けて満足しようとしている。ボクはときどき、急にその場所が息苦しくなる。見えない窮屈なルールを感じる。そして、決して自分と分かち合うことのできない並行世界に目を伏せたりする。それでも、みんな「ここにワタシはいる」と瞬いているのが見える。どんなにコミュニケーションが変わってもボクたちは「孤独」が怖いままなんだ。一等星から六等星まで、その光の強さ、大きさはそれぞれ違うけど、もっと速く、もっと深く、本当はみんなひとりぼっちが怖くて、どこかに繋がりたいと叫んでいるように感じた。


　円山町の坂の途中、神泉に近い場所に安さだけが取り柄のラブホテルがある。そこはかつてボクの唯一の安全地帯だった。

　あの部屋の中で、彼女と一緒に過ごしていた時は、世界にふたりぼっちだった。

　一度、大雨の夜に、どうしようもない不安にかられて、誰もいなくなったオフィスから彼女に電話をかけた。「不安でさ、この仕事をずっとやっていける気がしないんだ。どうしよう」まくしたてるボクに彼女は「うんうん」と繰り返し話を聞いてくれた。そしてどんな愚痴でも、最後に「キミは大丈夫だよ、おもしろいもん」と言ってくれた。自分より好きになった人のなんの根拠もない言葉ひとつで、やり過ごせた夜が確かにあった。

スマホが何度も短く鳴っていた。目を疑った。彼女が、〝小沢（加藤）かおり〟が、ボクのページにタダ事ではない頻度で反応している。「お知らせ」を開くと、どんどんと「ひどいね」が刻印されていく。

有名人とボクが肩を組んだ写真、『恋するフォーチュンクッキー』を知人のＩＴ企業社長らと踊っている動画、後輩たちがサプライズで祝ってくれたシャンパンタワーの写真。そのすべてにどんどん「ひどいね」が刻印されていった。彼女の健在ぶりに口元が緩む。そして自分のページの間抜けさ加減を、改めて思い知った。一つだけ「いいね！」が押されていた。それは、14年目に舞い込んだラフォーレ原宿でのイベントポスターを製作した時、仲間とポスターの前で撮った写真だった。ボクは何度か返事を打ちかけたけど、結局送信ボタンは、押せなかった。

こうしている間にも、刻々と過去に仕上がっていく今日。達観した彼女の今日も、まだアップダウンを繰り返しているボクの今日も、先に続いているのは未来であって、過去じゃない。どんなに無様でも「大人の階段」は上にしか登れない。その踊り場でぼんやりとしているつもりだったボクも、手すりの間から下を覗いたら、ずいぶん高い場所まできていて、下の方は霞んで見えなかった。

『バック・トゥ・ザ・フューチャー』で使われたデロリアンの生産を３００台限定で始めるというニュースがヤフーニューストップで流れていた。ボクが今、デロリアンに乗ったら〝１９９９・７・22〟そして〝ＡＭ６：30〟と時間を打ち込んでアクセルを踏む。行き先は、渋谷。円山町の坂の途中に、火を噴いたデロリアンをボクは乗り捨てるだろう。


真っ暗闇の部屋に入って、早朝なのか昼なのか、ここがどこなのか分からなくなるような錯覚を噛みしめる。ジョン・レノンが歌う『スタンド・バイ・ミー』が小さな音で流れている。身支度をしながらドライヤーをかける彼女。着替え終えていつものようにベッドにダイブするボク。彼女は「あ、待って待って」と、トイレに行く。

あの瞬間、ボクは彼女にどうしても聞きたいことがあった。フェイスブックによれば彼女はこの時すでに、今の旦那と出会っていたはずだ。その日、リップクリームを買いに行ったデートで「今度、ＣＤ持ってくるね」が最後になったわけを知りたかった。

ベッドに突っ伏したままサイドテーブルを見やると、彼女の手帳からカードがはみ出ていた。ボクは気になって、自分を抑えることができなかった。そのカードをスッと抜いてしまう。それは「小沢さんへ」と書かれた、見知らぬ宛名のバースデーカードだった。ただ差出人の彼女の名前は、ボクの知っている「かおり」じゃなくて「夏帆」と書かれていた。トイレを流す音が聞こえた。焦りながら手帳に戻そうとするが、うまく入らず、手帳ごとサイドテーブルから落としてしまった。慌てて、そのカードだけを、彼女のコートの内ポケットに突っ込んだ。

六本木駅のホームに日比谷線が激しいブレーキ音と共に滑り込んでくる。白線ギリギリにいるサラリーマンがたじろぐ。車輪が軋む音と、あのホテルで聴いた雨風の打ちつける音がシンクロし、心臓がビートを刻み始めた。日比谷線が目の前を通り過ぎる。

ボクが底の底に押し込めていた記憶のフタが、その風圧で吹き飛んでいった。

あの日、たしかに「夏帆」という文字をボクは目にしていた。

「あと、わたしね〝サイトウ　チヒロ〟っていうんだよ。名前」という別れ際(ぎわ)のあの娘(こ)の言葉がリフレインしてくる。彼女も、後に旦那になる小沢という男に「わたし、本当はひらがなで〝かおり〟っていうんだ」と涙したんだろうか。そして彼は、彼女を死ぬまで抱きしめる情熱でそれに応えたのだろうか。

　六本木駅のホームで大勢のサラリーマンと外国人、若いカップルたちが交錯していた。

「キミは大丈夫だよ、おもしろいもん」

　どんな電話でも最後の言葉は、それだった。彼女は、学歴もない、手に職もない、ただの使いっぱしりで、社会の数にもカウントされていなかったボクを承認してくれた人だった。あの時、彼女に毎日をフォローされ、生きることを承認されることで、ボクは生きがいを感じることができたんだ。いや今日まで、彼女からもらったその生きがいで、ボクは頑張っても微動だにしない日常を、この東京でなんとか踏ん張ってこられた。

　そして1999年、ボクと加藤かおりは、別れたんだ。正確にはこっぴどくフラれたんだ。きっとフェイスブックで再び繫がったのは、あの時、彼女に言えなかったことを伝えるためだったのかもしれない。

ホームのベンチに座った。ボクは、フェイスブックを開く。そして彼女に、メッセージを送ろうとした瞬間、「今日は、〝小沢（加藤）かおり〟さんのお誕生日です！」という表示が飛び込んできた。

マーク・ザッカーバーグという男は、本当に空気が読めないヤツだ。ボクはスマホを後ろポケットに入れて、とりあえず次の地下鉄に乗ることにした。

もうすぐチェックアウトの時間だ。ぐしゃぐしゃのベッドにうつ伏せになって、今日の出来事を反復する時間に当てる。ベッドに脱ぎ捨ててあった彼女のコートを敷いて、微かに香る彼女の匂いを感じる。

六本木通りを一本入ったところにあるホテルから見えた東京の夜景が美しかった。七瀬と食べた牛乳シーフードカップヌードルを最近食べていない。関口が初めて会った日に見せたダブルピース。ラフォーレ原宿でした彼女との約束。雑踏。１９９９年に地球は滅亡しなかった。それに彼女はラフォーレのポスターなんて作らなかった。スーの作るジンリッキーがもう一度飲みたい。満天の星空に照らされたガンジス川に浮かぶ小舟。クリスマスイルミネーションに包まれた六本木交差点。あの目つきの鋭い男にしか見えなかったボク。１ページごとにセロハンテープでとめられた教科書の手ざわり。風俗街のネオンチューブが反射した定まらない天井の美しさ。新宿ゴールデン街の平和な雨音と二度と戻らない朝。フェンスの上ではしゃいだ夜の片隅。日本初の南極観測隊。信仰に近い存在。自分よりも好きになった人。もう二度と会えない人。日比谷線が暗闇を突き進んでいく。世界の人口は70億を超えて今日も増え続けている。ボクたちがあと50年生きるとして、人類ひとりひとりに挨拶する時間も残っていない。ボクたちが会えたことは奇跡だと思わない？

いつの間にかトイレから出てきた彼女から「変態、行くよ」と声がかかった。彼女の声が懐かしい。埃っぽいシーツの匂いが思い出をくすぐった。ボクはおもむろに立ち上がる。涙が溢れそうだった。うれしい時に、かなしい気持ちになる彼女の気持ちがやっと分かった。君の気持ちがやっと分かったよ。ボクはそう伝えたくて振り返ろうとした。

その瞬間、背後からガバッと彼女が、覆いかぶさってくる。

ラッセンのジグソーパズルが視界の隅に見える。空調はいつも通り効き過ぎている。背中に彼女の体温を感じる。キツすぎる芳香剤の匂いが鼻をかすめる。彼女の両腕がボクを強く締めつける。暗闇から地下鉄の強烈なライトが近づいてくる。

そして彼女は、いつものように言う。

「ね、ふたりで、海行きたいね」

ボクは、まっすぐ前を向いたまま、彼女に言う。

「ありがとう。さよなら」

その時、フロントからチェックアウトの時間を告げる電話が鳴るんだ。

失ったあとも完璧な

相澤いくえ

突然ですが
恋を
していました。

夜、寝る前に泣いて
朝起きてまた
思い出して泣いて

長かった髪を
バッサリ切って、
「ベタなこと
してるぅ」とか
思って

その人が、全然
いつも通りのことを
ツイッターで
つぶやいてて
ホーム
それが悲しくて
わあわあ
泣きました。

その帰り道で
この本を買って
お風呂に
つかりながら
読みました。

読むなら
人生で今が
1番ベストな
タイミングだと
思いました。
正解でした。
恋を
していました。

自分が描いたものならまだしも
誰かの、一枚の絵、一冊の本で
人生が変わるなんて
そんなこと、本当に
あるのかなってずっと
思っていたのですけど
たとえば
その人と
食べたケーキや
Biscoff
半分くれた
ビスケット
一緒に観に行った
映画、それらは
すべて
その人を思い出す
装置になって
しまったし
新作
新作
何ならもう、
その人の名前の
漢字を見ると
こころの少し
下の方が
「う」ってなります。
燃え殻さんの
言葉を借りるなら
その人のすべてが
正義になるような
そんなような
信仰みたいな

失ったあとも
完璧な
恋なのでした。

むかし、知人（ねこカフェ店長）が
日常の嬉しいこと、悲しいことを報告したくなったら、それは恋だ
って言っていて
燃え殻さんが　この本で
「美味しいもの、美しいもの、面白いものに出会った時、これを知ったら絶対喜ぶなという人が近くにいること」を幸せだと言っていて
ああ、これは幸せだったのか、と思いました。
なにかに心が動いた時
それを知ってほしかったです。
笑ってほしかったです
それだけでずっと大丈夫な気がしていました。
そういうことを思い出すこと、苦しくなること、怖くなることを怖がってたけど
悲しさの正体は幸せでした。
あれは全部幸せで
幸せが確実にそこにあって
わたしは恋をしていて、幸せでした。

牛乳シーフード
カップヌードル
雪の日の六本木
新幹線の
自由席
エヴァ、MD
南極に届いた言葉
七瀬さん、
スーさん、
ナオミさん、
かおりさん
燃え殻さん、
もう会えない
人を思う時に
浮かぶ
特別じゃなくて
ささやかな
瞬間と永遠
わたしにとっての
並んで電車を待つ
あなたの横顔

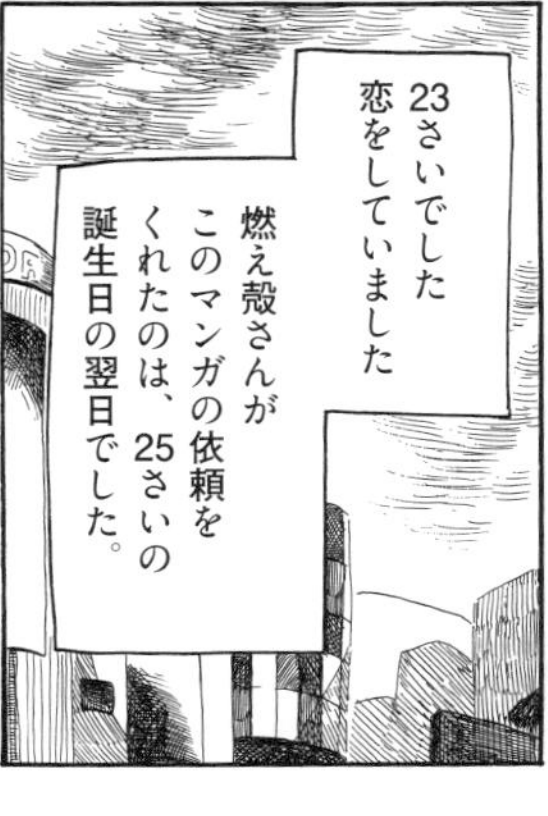
23さいでした
恋をしていました
燃え殻さんが
このマンガの依頼を
くれたのは、25さいの
誕生日の翌日でした。

これからまた
傷をつくっても、
正体を教えてもらったから
たぶんずっと大丈夫なのです。
懲りずに
また
恋をしに行きます。

アンサーソング

あいみょん

思い出さないでいるつもりだったことを思い出したんだ。

私たちがいつも大切にしていたことを、思い出したんだ。

いつだって初めてに近い触れ合いをすること。

慣れないこと。それが自然になること。

指さえも愛おしくなること。思い出してしまった。


磁石のNとSみたいに、肌と肌が触れないよう必死に身を縮こませた人たちが揺れる電車の中、渋谷までがどうりで長かった。

いつもなら「この電車の中に悪人がいて、無差別に人を斬りつけるとしたら私が死ぬ確率は何パーセントだろうか。」

「あのキャリーバッグが爆弾だったら怖いな。」

そんなことばかり考えている。

それなのにやはり〝思い出す〟という作業は私の場合変に時間がかかる時もあるし神経を使うので、何のヒントも浮かんでいない頭の左上を何度も見上げながら口を尖らせた。

今回はとてもゆっくり時間がかかりそう。

8分なんて目を閉じてればほんの一瞬なのに、不思議な感覚。とても長い時間電車に乗っている気がした。同時に泣きそうにもなっていた。

鼻のてっぺんと目頭が細い糸で引っ張られているみたいにツンとする。

久しぶりの感覚。肩のあたりが少し重くて、喉の奥が滞る。

イヤホンから流れてくる売れてるバンドの痛々しいラブソングのせいでもあるのか？

やけにリアルなその歌詞のせいなのか。

歩くスピードをドラムのビートに合わせ、改札までをまるでミュージックビデオみたいに進むリズミカルな歩行とは裏腹に、心臓が不規則で忙しい。

そうだ。思い出したんだ。

〝私たち、いつか終わりが来るのだから
馬鹿のひとつ覚えみたいなキスだったり
それ以上のアレだったり
極上のソレだったりを繰り返して繰り返して
できるだけ好きでいる事にしよう〟

「試してみる?」そうあなたが聞いた日に、私は薬局でイチオシの品!と推されているリップを試すような感覚であなたを試したし、吸い込まれた。この人なんだ。と思った。

無口で愛想のない人。


いつだったか、何を思い立ったか私が突然、できるだけダサい名前のラブホテルを探そうと言い出して、あなたがオークションで落とした30万円の丸い車に乗った。

今でも大好きなあの車。

運転席と助手席の距離が近いから好きだったあの車。

運転中、私が手を繋ぎたくてあなたの左手に触れようとすると「危ないから」といつも断った。

けれど拗ねて窓際とにらめっこをしている私の頭を、信号待ちの時に撫でてくれる。

無口で愛情のある人。

〝連れてって 街に棲むすむ音 メロディー
連れてって 心の中にある光〟

その夜のBGMは小沢健二の〝ある光〟。ルービックキューブみたいな外観のラブホテルにたどり着くまでに何度も繰り返し聴いた。

本当に不快な音なんて一切ないんだ。

空気にうまく溶け込んでくる音と言葉が心地いい。

気づけば2人はこれからの展開を理解して、鼻歌も喋しゃべり声も小さくなっていく。静かにアウトロが流れる。

あの時入ったホテルの名前、相当面白かったのに何故なぜだかそれだけが思い出せない。

それ以上に素晴らしい夜だったからだと思う。

そういえば、フリッパーズ・ギターに出会ったのもまだ探り合いの関係で助手席に座っている時だった。


〝真夜中のマシンガンで君のハートも撃ち抜けるさ、

走る僕ら回るカメラもっと素直に僕が喋れるなら〟

音楽はいつだって記憶を辿(たど)るし、その一音一音が過去と現在を繋げて辻褄(つじつま)を合わせてくれる気がする。

ひどい言い合いをした夜に聴いた〝いちょう並木のセレナーデ〟も、「たぶんめっちゃ好きやと思うで」と言って私に聴かせてくれた〝恋とマシンガン〟も。

2人の間で共有される音全(すべ)てが最強のラブソングだ。

今でも聴くたびに思い出す。
あの頃からよく「小沢健二になりたい」と口癖のように言っていた私にあなたは
「なれへんよ、オザケンは天才やもん」
と、間髪入れずそう言った。
私は本気だったから、いつもムキになって
「天才になるには天才のふりをすればいいってダリは言ってる」と、豪語していた。
気づけば365日×4を過ぎ、結局オザケンにもなれず、カジヒデキにもなれず。

あなたの最後の人にもなれなかった。

泣きそうになっていた瞳の縁は、いつのまにかしっかり水浸しで、渋谷駅の改札前が雨模様に見えた。

優しかった声やムスクの香り、たまに見せる悲しい顔が懐かしくて、会いたくなって。謝りたくて。

さっきまで騒がしかったイヤホンからは何も聞こえてこないまま、うっすら聞こえる騒音と心臓の音だけを耳の隙間からひろっている。

右手には食べかけのカロリーメイト。

左手には何となく最後のページを読まずに栞を挟んでいた一冊の小説。

「ボクたちはみんな大人になれなかった」

忘れかけていた事を思い出させてくれたのは、あの痛々しいラブソングなんかじゃない。

ぬるい風が吹き始めた2018年6月の暮れ、行きつけの店でこの一冊に出会わなければ、こんな気持ちはいつまでたっても自分じゃ引っぱり出せなかった。

「あ、今日に限って持ってきてない……。もしよければ僕が書いた本読んでみてください。」

自信なさげに見えた目でそう話した〝燃え殻〟と名乗るその人は、何杯目かのレモンサワーを飲み干した後、書籍ではなく小さなささくれのようなものを置いて店を後にした。

取り残されたそのささくれを、無理やりつまんでむしり取るも放っておくのも私の勝手だったけれど、私はその夜、どうやら止められない好奇心でいっぱいだったらしい。

その数日後にやってきたこの一冊。

読んでるうちに、まるで高感度ハイスピードカメラで撮られた蕾(つぼみ)の開花みたく記憶が1枚1枚綺麗(きれい)に咲いていく。

自分を丸裸のまま描かれている気がしてドキドキした。

ラフォーレで待ち合わせしていたのは私だよ。

オザケンは王子様。

古本屋で見つけたHot-Dog PRESSのセックス特集が好きだったのはあの人より私だったけどね。

フリッパーズ・ギターが再結成したら？

その話は昔から飽きるほどした。

だから、FUJI ROCK FESTIVAL 2017の出演アーティストが発表された時は鳥肌がたった。

コーネリアスと小沢健二が同じ日の出演だったから。

遂に再結成か！とネットも騒ついたけれど、結局青春のフリッパーズ・ギターは復活しなかった。

ここまで人間的で、生活に潜む些細な感情を掻きむしられた小説は今までになかった。
的確に刺してくる。
直接心臓に炭酸をかけられたみたいに
シュワシュワ弾けてキュっとなる。

小説の終盤を迎えた頃、

「一体どこまでが燃え殻さんのリアルなのか。」

と、馬鹿みたいなメッセージを送った。

「どこまでが本当だっただろう。過去は変えられるなぁと書きながら思ってました。希望を足せるなぁって。自分にとって小説は希望です。」

希望。よく耳にするその言葉に、こんなにも説得力があったのは初めてだった。

私たちのこの物語に希望を足せるとしたら？

2人はずっと一緒で、終わりなんかなかった。

そう刻んでしまうかな？

キリがない妄想がまた始まりそうだよ。

今か今かと待ち遠しそうに栞のリボンが揺れる。

進むと終わるから嫌だ。

食べるとなくなってしまうから嫌だ。

でも私たち、始まった時から終わっていたかもしれないな。終わると分かってて始めた事だったかな。


「うれしい時に、かなしい気持ちになるの」

あの人に好きと言われてもどこか寂しかったのは、確かに終わると分かっていたからだと思う。


燃え殻さん、本当に参るよ。降参。

燃え殻さんの紡(つむ)ぐ言葉と希望たちはどこまで私の中に潜り込むつもりでしょうか。

偶然なんだろうけど、今出会えてよかった。

改札を抜ける前に私は、行き交う人の邪魔にならないよう壁際に小さく寄りかかり、残りのカロリーメイトを無理矢理口に放り込んで、最後のページをめくった。

「ありがとう。さよなら」


胸のあたりで初恋と同じ音がした。

とても素敵で優しい音だった。


私はちょっぴりニヤついて、水分を持っていかれた口内に勢いよく水を流し込み、乱れた前髪を軽く整えながら改札をくぐった。

マラソンのゴールテープを切ったみたいだ。

知ってる。この感じ。思い出したんだ。思い出した。

ほら。あの人も、私も、きっと。

結局忘れられない香りと生活を背負って、
またあの頃と同じような恋をするんだ。

JASRAC 出 1812204-802

解　説

兵庫慎司

　知人が寄稿しているので、週150円払ってウェブサイト「ｃａｋｅｓ」の購読を始めてからしばらく経った頃、奇妙な連載が始まった。

　自分の人生にもっとも大きな影響を与えたかつての恋人のことを軸に、これまでと現在の己を綴っていく、私小説の体裁をとった作品。プロフィールを見ると、書き手は作家ではなくテレビ業界の人、ただし放送作家とかディレクターならものを書くのもわかるが、そうではなくて、もっと裏方の「美術」という職業らしい。いわゆるツイッタラーというジャンルから出てきて、最初に書いた小説がこれのようだ。

　どうでしょう。よくわからないでしょう、どういう存在なんだか。ただ、それ以上にわからなかったのが、そんな正体が曖昧な人の書いたものが、衝撃的におもしろく、そして新しかった、という事実だ。

　音楽ライターという狭いジャンルだが、自分も一応ものを書いて食っている人間ではあるので、まず混乱した。出版業界やテレビ業界の知人数人に「あれ何者？ 知ってる人？」と訊いたりもした。誰もが知らなかった。そして誰もが「あれおもしろいよねえ、いったい誰なんだろうね」と興味を示していた。いや、「誰なんだろうね」って、燃え殻なんですが。ちなみに、この燃え殻という名前は、現在は脱退してひとりで活動しているキリンジの堀込泰行が、キリンジ在籍時にソロを行う時に使っていた「馬の骨」名義で発表した最初のシングル曲からとったものである。

ということからもわかるように、僕の本職のエリアである、90年代以降の日本のロックに関する記述が、作品のそこかしこに出てくるところにも惹かれたが、それ以上にショックだったのは、彼の文体そのものだった。

私小説に限らず、音楽でも映画でも表現ならなんでもそうだが、自分自身を描いて作品を作る場合、言わば「自分に酔う」ことをある程度許して描いていく場合と、逆に自分を突き放して自虐的に描いていく場合とがある。

前者は、美しく叙情的な作品になるが、同時に、そのナルシズムにツッコミを入れたくなるような気恥ずかしさが漂うことに、多少なりともなったりする。後者にはそのような気恥ずかしさはないが、それと引き換えに美しさや叙情性を味わうことは、望めなくなる。

が、燃え殻の文章は、驚くべきことに、その両方のよいところだけでできていたのだ。つまり、自分を手ひどく突き放しながらも、同時に美しくて、そして叙情性に満ちていたのだ。

なぜ彼にだけそのようなことができるのかは、正直、よくわからない。というか、少なくとも、自分には絶対無理なのはあきらかなので、ただ悔しいと言うほかない。いや、「悔しい」とか思っている時点でずうずうしいというか、「同じ土俵に立ってるつもりか?」と、自分で自分が恥ずかしくなるが。

本作はその「cakes」の連載の書籍化だが、それにあたってかなりの加筆修正が行われている。エピソードや登場人物がまるごとカットされて、代わりに別の話が新たに加わっていたりする。相当な推敲(すいこう)を重ねたことが窺(うかが)い知れるので、すでに「cakes」で読んだ方にも興味深く読めると思う。

自分のことを書いている私小説の体裁だが、すべてが実際にあったことではなく若干のフィクションを織り交ぜて物語を進めていく、という手法の作品においては、最初から文筆業の人よりも、別ジャンルで世に出て、次に文筆を始めた人の方が、もしかしたら優れているのかもしれない。といっても、最近読んでそう思ったのは、今のところ又吉直樹(またよしなおき)と尾崎世界観の二例だけなので、断定できるほどのサンプル数が集まっているわけではないのだが、仮にそうだとしたら、そのラインの新しい才能の登場だと思う、燃え殻は。

最初にこんな決定的なものを書いてしまって、次の一手があるのかどうかわからないが……というか、当人に次の一手を打つ気があるのかどうかすらわからないが、あればいいいな、あってくれよ、と、僕は心から期待している。

以上、本書『ボクたちはみんな大人になれなかった』の単行本が2017年6月30日に刊行された時に、新潮社「波」に僕が書いた書評である。売れるだろうなとは思っていたが、ベストセラーになるとまでは、これを書いた時点では、予測できていなかった。90年代に日本のロックを聴いていた人、社会に出てずいぶん経った今も、若き頃の自分を忘れることができない人なら、読んで共振する可能性は大きいだろうな、とは思っていたが、今まさに「若き頃」真っ只中(まただなか)の世代の人たちも、この小説にここまでのめり込むことになるとは、これを書いた時点では、読めていなかった(この文庫に文章や漫画を寄せているあいみょんと相澤いくえもその世代だ、と言っていいと思う)。単行本の刊行から1年半という短いタームで、こうして文庫化が決まったのも、その予想以上の好評価・好セールスを受けてのことだろう。

という今になって、この小説の何がそこまで魅力的なのか、なにゆえにそこまで多くの人たちを惹きつけたのかを考えるのは、あとから答え合わせをしているようでみっともよくないが、改めて読み直すと、やはり、いくつも思い当たることがある。以下、いくつか箇条書きにしていきます。

①描写力。目に映るもの、耳に入って来るもの、匂い、手触りなど、その時その時で主人公の五感に入って来たものが何だったのかを丹念に描いていくことで、読者を、本当にその場にいるかのような感覚に陥れる能力に、この作家はやたらと長けている。活字であることで、演劇や映画以上に、それぞれの読み手にとってリアルに感じさせる、とも言える。つまり、小説であることの必然がある、ということでもある。

②構成力。現在、小学生、専門学校生だった頃からエクレア工場でバイトしていた頃、今の仕事を始めて、ジリ貧だったのがなんとかなっていくまでと、なんとかなってから——という、主人公の人生のそれぞれの時期。「間違いなくブスだった」かおりとの出会いから別れまで。「なんとかなってから」出会ったスーとの出会いから別れまで。18年8ヵ月一緒に働いた関口とのエピソード。エクレア工場で知り合い、ゴール

デン街で再会する七瀬とのエピソード。それぞれが時間軸に沿ったり、沿わなかったり、絡み合って描かれたり、別々に書かれたりしながらラストに向かって行くこの文章全体の構成は、他に絶対ないとまでは言わないが、相当のレベルで「他になかなかない」ものだと思う。そして、それが、読者を途方もない気持ちにさせるのだと思う。

なお、燃え殻はパソコンの操作が得意ではなくて、この小説をすべてスマホで書いたという。つまり、文章全体の構成を後からいろいろ推敲することが、パソコンよりもかなり面倒な状態でこれを書いたということだ。ということは、計算や作戦もあっただろうが、それよりも勘や本能の方に多くを頼って、この構成を作り上げた、ということなのではないかと思う。

③小道具としてのさまざまな作品の使い方。小沢健二の『犬は吠えるがキャラバンは進む』、映画『うる星やつら2 ビューティフル・ドリーマー』、大友克洋の漫画『童夢』、中島らもの小説『永遠も半ばを過ぎて』のように内容に触れられているものから、ウルフルズの「ガッツだぜ!!」や映画『バック・トゥ・ザ・フューチャー』、ジョン・レノンの歌う「Stand By Me」のように文中にちょっと出て来るものまで含めて、登場人物たちのキャラクターや、その時代や、その街や、その業界などを描く際

の重要なキーになっている。ただし、その中でも重要なものに関しては、文中でそれがどういう作品なのかについて（言い換えれば、その作品を出すことの必然について）説明されているので、その作品を知らなくても支障なく読める。

④先の「波」の書評でも言及した、書き手としての、「自分に酔う」スタンスと「自分を突き放す」スタンスの絶妙なバランス。前者に寄ると叙情的で美しい代わりにナルシスティックな気恥ずかしさがつきまとうことになり、後者に寄れば恥ずかしくない代わりに叙情性が消える、その間のまさに「絶妙」としか言いようのない、細ーいラインの上を物語が走って行くように綴られている。

燃え殻が世に出たきっかけであるツイッターを読めばよくわかるが、「くたびれた」とか「ひどい目に遭った」みたいな自虐的な出来事をユーモラスにつぶやいていても叙情性がにじむし、逆に、美しい感情や素敵な光景をツイートしても、同時に何か脱力感のようなものを感じさせるのが彼のツイートだ。その延長線上に小説もある、と言っていいだろう。

まだまだあるが、大きくはこんなところだろうか。特に重要なのが、②の構成力と

①の描写力だと思う。本作が刊行され、ヒットした当初は、90年代から現在までのSNS（雑誌の友達募集欄→mixi→フェイスブック）や、③のその時代時代を表す音楽や映画や小説がいっぱい出て来ることや、ラブストーリーの中心にいる彼女を「間違いなくブス」としたことへの賛否が話題の中心だったが……というか、正直、僕もそっちに気を取られていたが、それだけだったらあんなに支持されなかっただろう、と、今になると思う。

以上、これがどのような小説であるかについて、なるたけ冷静に書きました。もっとも大きなキモである、「恋」「愛」の渦中にいる時の自分、それを失った時の自分の描き方が、ちょっとありえないほどリアルであり、それがものすごい力で読者を巻き込む、という点については、触れませんでした。先にあいみょんのエッセイと相澤いくえの漫画を読んでしまったので、そのあたりについては俺が書いても負けるだけだな、という判断です。

最後にふたつだけ。

本作が「ｃａｋｅｓ」で連載されていた頃から読んでいた方はご存知だろうが、これは、書籍化にあたって相当書き直されている。それによって消えてしまった登場人物もいるし、なくなってしまったエピソードもある。なぜそうしたのかは本作を読めばわかるが、もったいない！　とも強く思う。なので、そのあたりの「切った話」を使って、新たに別の小説を書いてほしい、と希望します。

それから。「小沢かおり」の「小沢」は小沢健二からもらったんだろうな、というのは推測が容易だが、専門学校の同級生の男が「車谷」なのは、90年代にBAKU→SPIRAL LIFE→AIRで活動して人気だったミュージシャン、車谷浩司（こうじ）から取っているのだと思う。小沢だけじゃなく車谷も使う彼のこのバランスが、何かフェアな感じがして、とてもいいなあと思う。かなり個人的な感じ方だと思うが。

（二〇一八年十月、ライター）

この作品は平成二十九年六月新潮社より刊行された。

ボクたちはみんな大人(おとな)になれなかった

新潮文庫　も－45－1

平成三十年十二月一日発行
平成三十年十二月十五日二刷

著者　燃殻(もえがら)

発行者　佐藤隆信

発行所　株式会社新潮社

郵便番号　一六二―八七一一
東京都新宿区矢来町七一
電話 編集部(〇三)三二六六―五四四〇
読者係(〇三)三二六六―五一一一
https://www.shinchosha.co.jp

価格はカバーに表示してあります。

乱丁・落丁本は、ご面倒ですが小社読者係宛ご送付ください。送料小社負担にてお取替えいたします。

印刷・株式会社光邦　製本・株式会社大進堂

ISBN978-4-10-100351-1 C0193